젊은 시인에게 보내는 편지

세계문학산책 43
젊은 시인에게 보내는 편지

지은이 라이너 마리아 릴케
옮긴이 붉은여우
펴낸이 안용백
펴낸곳 (주)넥서스

초판 1쇄 인쇄 2013년 6월 5일
초판 1쇄 발행 2013년 6월 15일

출판신고 1992년 4월 3일 제311-2002-2호
121-840 서울시 마포구 서교동 394-2
Tel (02)330-5500 Fax (02)330-5555

ISBN 978-89-6790-163-9 04800

저자와 출판사의 허락없이 내용의 일부를
인용하거나 발췌하는 것을 금합니다.

가격은 뒤표지에 있습니다.
잘못 만들어진 책은 구입처에서 바꾸어 드립니다.

www.nexusbook.com
지식의숲은 (주)넥서스의 인문교양 브랜드입니다.

세계문학산책 43

라이너 마리아 릴케
젊은 시인에게 보내는 편지

붉은여우 옮김 | 김욱동 해설

지식의숲

차 례

제1장 젊은 시인에게 보내는 편지 ...007
제2장 아름다운 여인들에게 보내는 편지 ...065

제1장 젊은 시인에게 보내는 편지

젊은 시인에게

1903년 2월 17일, 파리에서

보내 주신 편지는 며칠 전에야 받았습니다. 편지의 내용에 포함된 커다란 친절에, 뭐라 감사 이상의 다른 말은 표현할 길이 없습니다. 그러나 나는 당신의 시(詩) 안으로 들어갈 수 없습니다. 나는 비평적인 어떤 의견도 중요하다고 생각하지 않기 때문입니다.

비평을 통해서는 예술 작품에 다가가기가 매우 어렵습니다. 어떤 식으로든 비평을 하게 되면, 다소의 오해가 생기게 마련이지요. 모든 사물은 우리가 믿고 싶어 하는 것 이상으로 이해할 수도, 말로 표현할 수도 없습니다. 대부분의 모든 사건은 말로는 표현할 수 없는 영역 안에서 발생하며, 무엇보다 예술 작품이 비판의 대상이 될 수는 없기 때문입니다. 예술 작품은 우리의 목숨과 달리 영원한 것입니다.

당신에게 나는, 이 한 가지만은 꼭 말하고 싶군요. 당신의 시에는 은밀하게 숨어 있는 개성적인 싹은 있지만, 독자적인 양식은 없는 것 같습니다. 특히 마지막의 〈나의 영혼 속에서〉라는 시에서 그 점을 확실하게 느낄 수 있었습니다. 그 시에는 언어와 운율로 독자적인 무언가가 나타나고 있으며, 〈레오파르디에게 부치는 헌시〉라는 시 속에도 그 위대하고 고독했던 분과의 친근감이 나타나 있는 것 또한 사실입니다. 그런데도 그 시들은 자체적으로 독자적이지 못합니다. 〈나의 영혼 속에서〉나 〈레오파르디에게 부치는 헌시〉도 그 점에서는 마찬가지입니다. 그렇지만 동봉해 주신 편지는 당신의 시를 읽으면서 느낀 막연함을 이해하는 데 큰 도움이 되었습니다.

당신은 내게 자신의 시가 어떠냐고 묻고 있습니다. 다른 사람에게도 이미 물어 보았겠지요. 잡지사에 보내거나 다른 사람들의 시와 비교도 해 보았을 것입니다. 어떤 편집자가 당신의 작품을 되돌려 주면 분명 불안감도 느꼈겠지요. 내게 충고를 해도 좋다고 했으므로 감히 말하는데, 제발 그런 일은 되도록 하지 마십시오. 당신은 자신의 내면이 아닌 바깥을 보고 있습니다. 그러니 지금부터라도 그러지 마세요. 어느 누구도 당신에게 충고를 해 주거나 도울 수는 없기 때문입니다. 그런 사람은 아무도 없습니다. 단 한 가지 방법밖에는 없습니다. 자기 자신 속으로 파고들어 가 보세요. 그럼으로써 당신에게 자꾸 쓰라는 명령을 내리는 그 근거를 한번 캐 보세요. 그런 다음 쓰고 싶은 욕구가 당신의 가슴 깊숙한 곳으로부터 뿌리가 뻗어 나오고 있다면, 또 쓰는 일을 그만두기보다는 차라리 죽음을 택할 수 있는지 본인 스스로에게 물어보세요. 그리고 조용한 밤중에, 정말 글을 쓰지 않으면 안 될 것인가를 스스로에게 확인해 보십시오. 마음속 깊은 곳에서 울리는 소리에 귀를 기울이십시오. 만일 그 대답이, 글을 쓰지 않으면 차라리 죽을 수밖에 없다는 그 진지한 의문에 대해 명확한 답을 내릴 수 있다면, 당신은 당신의 생애를 그 필연에 의해 만들어 가십시오. 당신의 일상에서 비록 쓸모없는 순간이라 하더라도, 그 절실한 충동에 대한 증거가 되어야만 합니다. 그리고 자연을 가까이하십시오. 그런 다음에 보고, 경험하고, 사랑하고, 그리고 잃게 될 것을 모방만 하지 말고 말로 직접 표현해 보세요.

  되도록이면, 사랑의 시는 쓰지 않도록 노력하십시오. 그리고 주변에서 흔히 볼 수 있는 평범함은 피하는 것이 좋습니다. 그런 것들이야말로 가장 힘든 부분입니다. 왜냐하면 훌륭한 전통으로 이어져 내려오는 것이 숱하게 많은 지금, 독자적인 것을 표현하려면 무엇보다 힘차고 성숙한 역량을 필요로 하기 때문입니다. 누구나 자주 선택하는 일반적인 주제는 피하는 것이 좋으며, 자신의 평범한 생활에서 얻을 수 있는 주제를 택하십시오. 당신의 슬픔과 열망, 그리고 아름다움에 대해 스쳐 지나가는 생각이나 믿음을 묘사하세요. 자신을 표현하기 위해서는 주변의 사물들, 당신 꿈의 영상, 추억을 적극 활용해 보십시오. 당신의 생활이 비록 빈곤해 보일지라도 그것을 탓하는 대신, 차라리 평범한 생활에서 풍요로움을 이끌어 내지 못하는 자신을 탓하세요. 창조하는 사람에게는 결코 가난이 없으며, 그냥 지나쳐 버려도 좋을 빈약한 장소란 없기 때문입니다.

설령 당신이 감옥에 갇혀 바깥세상을 보지 못하고 소리조차 들을 수 없다 해도, 당신에게는 여전히 어린 시절의 그 소중한 추억의 보물 창고가 있지 않습니까? 그것에 관심을 기울여 보십시오. 지나가 버린 아득한 과거의 가라앉은 감동을 다시 한번 떠올려 보세요. 그러면 당신의 개성은 더욱 굳어지고 고독은 넓어져 어둠의 공간이 될 것입니다. 주변의 시끄러운 소음은 사그라지고 말 것입니다. 그래서 변모된 안으로부터, 가라앉은 자기 세계로부터 진정한 시가 나오게 되면, 당신은 지금처럼 그 시가 좋으냐며 누군가에게 물어볼 생각은 하지 않게 될 것입니다. 또한 잡지사에 작품을 보내 관심을 갖게 하려 애쓰지 않아도 될 것입니다. 그저 당신은 자신의 작품 속에서 보물처럼 소중하고 자연스러운 한 조각 생명의 소리를 듣게 될 것이기 때문입니다. 자기 내부로부터의 필요성에 의해 이루어진 예술 작품은 매우 훌륭한 것입니다. 또한 시가 어디로부터 나왔는지에 따라 그 평가도 달라지게 마련입니다.

다른 판단은 필요하지 않습니다. 그러므로 지금 내가 당신에게 해 줄 수 있는 충고는 이것이 전부입니다. 자신에게 파고들어 당신 생명의 그 깊은 근원을 느끼도록 하십시오. 그 근원으로부터 창작을 해야 할까 하는 질문에 대한 답을 얻을 수 있을 것입니다. 따라서 그 대답이 어떻든 간에 그대로 받아들이세요. 아마도 당신이 예술가의 운명을 타고났다는 진실이 밝혀질 것입니다. 그러면 그 운명을 받아들인 다음, 외부로부터 어떤 보답을 염두에 두는 대신 그 무겁고 힘든 짐을 지고 가세요. 창조하는 사람은 자신이 하나의 세계가 되어야 하며, 모든 것을 자기 자신 속에서나 그 자신과 하나가 된 자연 속에서 찾는 것이 좋기 때문입니다. 그러나 당신은 자기 자신의 고독 속으로 파고든 다음 시인이 되겠다는 꿈을 포기해야 할지도 모릅니다. 다시 한 번 말하지만, 시인이 될 수 없다는 것은 쓰지 않고도 살 수 있다는 것을 느끼는 것만으로도 충분하니까요. 설령 그렇다 하더라도 자신의 내면으로 돌아간다는 것은 결코 헛된 일이라고 할 수 없습니다. 당신의 생활이 어떻든 거기서부터 독창성을 발견할 수 있기 때문입니다. 그리고 그 길이 훌륭하고 풍요로우며 넓은 길이 되기를 바랍니다.

이제 할 말은 다한 것 같습니다.

마지막으로 당신에게 충고하자면, 일관되고 진지하게 자신 안에서 성장과 발전을 이루어 나가세요. 가장 조용한 시간에 당신의 마음 깊은 느낌을 통해서만 답을 구할 수 있는 의문에 대해, 당신 외부로부터 그 대답을 기대하려고 하지 마세요. 그것만큼 당신의 발전에 방해되는 일은 없으니까요.

당신의 편지를 읽던 중 호라체크 교수님의 이름을 보게 되어 무척이나 기뻤습니다. 나는 아직도 그분에 대해, 많은 세월이 흘렀음에도 불구하고 변치 않는 존경과 감사의 마음을 가지고 있습니다. 그분에 대한 이런 나의 마음을 그분께도 전해 주세요. 그분이 아직까지 나를 기억하고 계신 것에 대해 뭐라 드릴 말씀이 없습니다.

나를 믿고 보내 준 당신의 시들을 다시 돌려드리겠습니다. 나를 믿어 준 그 마음과 진심에 다시 한 번 감사하면서, 낯선 사람을 믿어 준 것에 대해 정성껏 보답하려 나름대로 노력했다는 것, 알아주시기 바랍니다.

변함없는 관심을 가지고
라이너 마리아 릴케

1903년 4월 5일
이탈리아의 피사 근교에 있는 비아레지오에서(Ⅰ)

먼저, 나를 용서해 주시겠습니까? 2월 24일에 받은 당신의 편지에 이제야 감사를 드리게 되었으니 말입니다. 그동안 몸이 좀 불편했습니다. 병이라고 할 만한 것은 아니었지만, 감기에 걸린 것처럼 몸이 말을 듣지 않아 아무것도 할 수 없었습니다. 온갖 노력에도 불구하고 전혀 차도가 없어, 결국 이곳 남쪽에 있는 바닷가에 왔습니다. 이곳은 전에도 내 병에 큰 도움이 되었기 때문입니다. 그런데 아직까지 완쾌되지 않아, 이 글을 쓰고 있는 지금도 무척 힘이 듭니다. 그러니 간단한 내용이지만, 긴 내용으로 알고 읽어 주세요. 물론, 당신이 보내 주는 편지는 항상 나를 기쁘게 한다는 점을 알아주시면 좋겠습니다.

그러나 답장에 대해서는, 당신이 기대한 것과는 많이 다를지도 모릅니다. 넓은 아량으로 이해해 주십시오. 왜냐하면 근본적으로 우리는 가장 중요한 일에 있어 어쩔 수 없이 고독하며, 타인에게 충고를 해 주거나 도움을 주자면 많은 일이 생겨야 하고, 비록 단 한 번의 운 좋은 결말을 맺기 위해서도 사물과의 완전한 어우러짐이 있어야 하기 때문입니다.

오늘은 두 가지에 관해 얘기하겠습니다.

첫 번째는, 아이러니입니다. 아이러니에 정신이 흐트러지지 않도록 노력하십시오. 특히 창조력이 빈약한 순간에는 더욱 그러합니다. 그러나 창조력이 마구 솟아날 때는 삶을 이해하는 하나의 수단으로 아이러니를 이용해 보세요. 순수하게 이용하기만 하면 아이러니도 순수해지기 마련입니다. 그것을 부끄럽게 생각하면 안 됩니다. 그것과 너무 친해지거나, 아이러니와 지나치게 가까워지는 것이 두렵거든, 보다 진지하고 큰 주제들에 눈을 돌리십시오. 그런 주제들에 비하면 아이러니야말로 무력하고 보잘것없는 것처럼 느껴질 것입니다. 항상 사물의 밑바닥을 추구하세요. 아이러니는 그곳까지는 도달하지 못할 것입니다. 보다 큰 것의 가장자리에라도 닿게 되거든 거기에서 얻는 생각이 당신 존재의 필연성에서 나온 것인지를 다시 한 번 살펴보십시오. 사물에서 진지한 영향을 받게 되거나 우연한 아이러니일 경우 당신으로부터 멀어질 것이며, 그것이 처음부터 당신의 것이었다면 보다 쓸모 있는 도구로써 당신의 예술을 만들어 가는 하나의 수단이 될 것입니다.

두 번째는 다음과 같습니다.

내가 가지고 있는 책 중에서 중요한 책들은 단지 몇 권뿐입니다. 그중 두 권은 내가 어디를 가든지 항상 몸에 지니고 다닙니다. 지금도 내 곁에 있습니다만, 그것은 성서와 덴마크의 위대한 작가인 옌스 페테르 야콥센(1847~1885. 소설가)의 작품들입니다. 당신이 야콥센의 작품들을 알고 있는지 궁금하군요. 그 작품들은 구하기도 쉬울 것입니다. 레크람 판 세계 문고에서 그의 작품 일부를 훌륭하게 번역, 출간했기 때문입니다. 야콥센의 소설 여섯 편과 《닐스 뤼네》를 구입한 다음 첫 번째 소설인 《모젠스》부터 읽어 보세요. 전혀 모르고 있던 한 세계가 당신에게 스며들 것입니다. 그러면 행복과 부(富) 등 표현할 수 없는 세상을 알게 될 것입니다. 잠시라도 책 속에 파묻혀 그 책의 가치를 찾아보세요. 그리고 그 책들을 사랑하도록 노력해 보십시오. 당신의 그 사랑은 수천 배가 되어 당신에게 되돌아올 것입니다. 나는 그 점에 대한 확신이 있습니다. 그 사랑은 당신이 인생이라는 옷감을 짜는 데 있어 경험, 환멸, 환희라는 그 어떤 실보다 더 중요한 가닥으로 살아날 것입니다.

창조 그 본질과 깊이에 대해 내가 어떤 사람으로부터 배웠

다면, 내가 알고 있는 두 사람의 이름을 말해야겠군요. 한 분은 위대하고도 위대한 시인 야콥센이며, 다른 한 분은 오늘날 살아 있는 모든 예술가 중 가장 위대한 조각가 오귀스트 로댕(1840~1917)입니다.

행운을 빌며
라이너 마리아 릴케

1903년 4월 23일
이탈리아의 피사 근교인 비아레지오에서(Ⅱ)

부활절에 받은 당신의 편지는 나를 매우 기쁘게 했습니다. 그 편지를 통해 당신의 훌륭한 점을 많이 알게 되었고, 당신이 위대하고 뛰어난 작가 야콥센에 대해 얘기한 태도로 봐서 내가 당신의 삶과 그 삶이 지닌 많은 문제를 야콥센의 풍요로움으로 이끌어 간 것이 결코 잘못되지 않았다는 것을 알게 되었기 때문입니다. 지금부터는 《닐스 뤼네》의 세계가 당신 앞에 찬란하고 깊이 있게 펼쳐질 것입니다. 그 책은 읽으면 읽을수록, 인생의 은은한 향기로부터 삶의 묵직한 열매의 풍요하고도 위대한 맛에 이르기까지, 그 모든 것이 책 속에 깃들어 있는 듯합니다. 거기에는 이해가 되지 않거나 파악되지 않는 것, 경험할 수 없는 것은 없습니다. 그 책에서는 아무리 보잘것없는 경험이라도 중요하게 다뤄지며, 아무리 사소한 사건이라도 운명처럼 전개됩니다. 그 운명은 신비에 가득 찬 기다란 옷감과도 같아, 한 올 한 올 섬세하게 짜였으며, 수백 가닥의 다른 실에 의해 다시 연결되어 있습니다. 당신은 처음으로 그 책을 읽는다는 큰 행복감을 깨닫게 될 것이며, 낯선 꿈속에서처럼 그 책이 주는 무한한 감동과 만나게 될 것입니다. 훗날 당신은 변함없는 놀라운 마음으로 다시 그 책들을 읽게 될 것이고, 그 요술과도 같은 힘을 전혀 잃지 않고 처음 읽었을 때의 동화적인 요소도 끊어지지 않을 것이라고, 나는 당신께 감히 말할 수 있습니다. 그 책을 다시 읽을 때마다 언제나 책을 즐기게 될 것이고, 여전히 감사할 것이며, 사물을 바라보는 시각도 단순하지만 훌륭해질 것입니다. 또한 삶에 대한 신념은 보다 깊어지고, 인생은 보다 복되고 새로워질 것입니다. 그런 다음에는 마리 구르베의 운명과 동경을 그린 놀라운 책들을 읽는 것도 좋고, 야콥센의 글인 서간문, 일기, 단편들을 읽는 것도 좋습니다. 마지막으로, 비록 번역은 서툴지만 깊은 감동이 느껴지는 그의 시도 꼭 한번 읽어 봐야 합니다. 그래서 나는 야콥센의 멋진 전집을 사 보라고 권하고 싶습니다.

그 전집은 총 3권으로, 라이프치히의 오이겐 디트리히 서점에서 훌륭하게 번역, 출간되었는데 1권당 5~6마르크면 살 수 있습니다.

〈여기에 장미꽃이 피어야〉라는 시(섬세함과 형식에 있어 더할 나위 없이 훌륭한 작품입니다)에 대한 당신의 견해는 서문을 쓴 사람과 비교하더라도 나무랄 데 없이 옳습니다. 그런데 당신에게 한마디만 하자면, 가능한 한 미학적이고 비평적인 글은 읽지 마십시오. 그런 글은 어느 한쪽을 편드는, 생명력이 없는 의견으로 굳어져 무의미하게 되거나, 교활한 언어의 장난에 지나지 않습니다. 오늘은 이 견해가 이기는가 하면 내일은 다시 뒤집히기 마련이지요. 예술 작품이야말로 끝없는 고독에서 우러나오며, 비평으로는 도저히 다가갈 수 없는 것입니다. 사랑만이 그것을 파악할 수 있으며, 부당함에 대해 불평할 수 있습니다.

어쨌든 당신이 자기 자신의 감정이 옳다고 믿는다면 그것에 따라도 좋겠지만, 모든 시비나 비평, 해설서들은 무시하세요. 당신이 설령 틀렸다 하더라도 당신의 내적인 삶의 성장에 따라 서서히 다른 생각으로 바뀌어 갈 것입니다. 당신 자신의 판단만으로 조용하고 독창적이며, 그 어떤 것에도 얽매이지 않고 스스로 발전하도록 그냥 두십시오. 그 발전은 모든 진보와 마찬가지로 마음 깊은 곳에서 우러나와야 하며, 채찍질로 강요한다고 되는 것이 아닙니다. 모든 것은 안에서 잉태되었다가 다시 태어나는 것입니다. 모든 인상과 감정의 싹이 자신의 마음속이나 어둠, 무의식, 그리고 이성으로는 도저히 닿을 수 없는 불가사의 속에서 완성되게 한 채, 겸허함과 인내로 분명함이 새로 태어날 시기를 기다리도록 하십시오. 그것이 바로 예술 안에서 살아가는 한 방법입니다.

예술을 이해하거나 직접 창작하는 것도 마찬가지입니다. 그것에는 시간을 잴 수 있는 것은 아무것도 없으며, 10년이라는 세월은 전혀 문제 되지 않습니다. 예술가가 된다는 것은 계산을 하지도, 햇수를 세지도 않는다는 뜻입니다. 나무처럼 무성하도록 하십시오. 나무는 억지로 수액을 내지 않으며, 봄의 폭풍 속에서도 의연하게 서 있습니다. 혹시나 그 폭풍 뒤에 여름이 오지 않으면 어쩌나 하는 불안감을 갖지도 않습니다. 결국 여름은 오게 마련이지만, 근심 걱정 없이 조용하고 침착하게 서 있는, 끈기 있는 사람들에게만 활기로 찾아옵니다. 저는 그것을, 괴로움을 참아 가며 인내심으로 매일 숙달하고 있으며, 그 괴로움에 감사하고 있습니다.

독일의 시인 리하르트 데멜(1863~1920)의 책들에 대해 말하자면(그 사람에 대해서는 나도 거의 모릅니다), 그의 책 속에서 아름다운 한 페이지를 발견한 다음에는 다른 페이지로 넘어가는 것이 두렵습니다. 모든 것이 다시 엉망으로 변해 훌륭한 것을 보잘것없는 것으로 바꿔 버리지나 않을까 하는 걱정이 앞서기 때문입니다. '열정적으로 살며 시를 쓴다'라는 말로 당신은 그 사람에 대해 아주 훌륭한 평가를 내렸습니다. 사실 예술적인 체험은 믿어지지 않을 만큼 성적 체험과 비슷하고, 성적 체험이 가진 외로움이나 괴로움과도 밀접한 관련을 맺고 있어서, 두 가지 현상은 외형은 다르지만 동경과 지복(至福)에서 같은 형태라고 할 수 있습니다. 열정이라는 말 대신에 교회적인 의심으로 오해받지 않을 만한 '포괄적이고 순수한 성'이라는 말을 쓸 수 있다면, 그의 예술은 매우 위대하고 또 중요합니다. 그 사람의 창작력은 무척 우수하고 원초적인 힘처럼 강하며, 그가 지닌 독창적인 시적 능력은 산에서 울려 나오듯 그 사람으로부터 흘러나오고 있습니다. 그러나 그의 이런 힘이 반드시 옳거나 허세가 없는 것은 아닙니다. 바로 그런 점들이 창작가에게 찾아오는 가장 힘든 시련이지요. 창작가는 언제나 자신의 가장 훌륭한 덕성조차도 의식하지 않아야 합니다. 자신이 가진 자연스러움과 독창적인 것을 빼앗기지 않으려면 말입니다. 그리하여 그의 존재가 성적인 것에 이르러도, 그 힘은 지극히 순수한 인간을 거기서 찾지 못하게 됩니다. 거기에는 완전하게 성숙하고 순수한 성의 세계는 없습니다. 오직 비정하고 남성적인 것만이 있을 뿐이지요.

성욕은 자기도취인 데다 걱정과 편견과 불손으로 짓눌린 것으로, 사랑을 일그러뜨리거나 망가뜨리는 것입니다. 그는 인간으로서가 아닌 오직 남자로서만 사랑하기 때문에 그의 정감 속에는 무엇인가 편협한 것, 야만적으로 보이는 것, 혐오스러운 것, 일시적인 것 등이 있어서 그의 예술의 품위를 깎아내리며, 애매모호하고 의심스러운 것으로 만들어 버립니다.

데멜의 예술은 결코 완전하다고 할 수 없습니다. 그것은 시간과 정열에 얽매여 있어, 그의 예술 중에서 영원한 것은 거의 없습니다. 모든 예술 작품이 그렇긴 하지만, 그럼에도 불구하고 그 속에 숨은 위대한 것을 한없이 즐길 수는 있을 것입니다. 단지 거기에 빠지거나 단순하게 데멜의 추종자가 되지 않는다면 말입니다. 그 세계는 끝없이 불안하고 간통과 혼란으로 가득 차, 진정한 운명과는 거리가 멀기 때문입니다. 진정한 운명이란, 비록 일시적인 슬픔보다는 훨씬 더 괴롭지만 보다 위대한 것에 도달할 기회와 영원으로 가는 용기를 주는 것입니다.

끝으로, 당신이 기뻐하시도록 내 책을 전부 보내 드리고는 싶습니다만, 유감스럽게도 나는 가난한 사람이며 그 책들은 출판과 동시에 이미 내 것이 아닙니다. 나 자신조차 그것을 살 수 없습니다. 그래서 마음은 간절하지만 내 책에 대해 호의를 베풀어 주시는 분들에게 골고루 나눠 드릴 수가 없습니다.

    그런 사정으로, 당신에게도 제가 쓴 최신작의 제목과 출판사 명을 적어 드리는 수밖에 없습니다. 기회가 닿는 대로 직접 구입하셔야겠습니다. 최신작은 모두 합해 12~13권입니다. 내 책들을 읽어 주시면 고맙겠습니다. 그럼 안녕히 계십시오.

    라이너 마리아 릴케

1903년 7월 16일, 브레멘 근교의 봅스베데에서

    십여 일 전쯤, 나는 파리를 떠나 병들고 지쳐 북쪽의 광활한 평야에 왔습니다. 평야의 드높은 하늘과 고요함이 나를 다시 건강하게 만들어 줄지도 모른다는 기대 때문입니다. 그러나 도착하자마자 불안한 바람이 세차게 불어 대고 장마가 오랫동안 지속되더니, 오늘에야 비로소 평야 위로 맑은 하늘이 조금씩 나타나기 시작했습니다. 이 맑은 순간을 틈타 당신께 안부 편지를 쓰려고 합니다.

    친애하는 카프스 씨!

    나는 당신의 편지에 오랫동안 답장을 하지 못했습니다. 그러나 내가 그 편지를 잊고 있었던 것은 결코 아닙니다. 오히려 그 반대입니다. 당신의 편지는 다른 편지에 섞여 있어도 눈에 띌 때면 다시 한 번 읽곤 했습니다. 나는 그 편지 속에서 당신을 더욱 가깝게 느낄 수 있었지요. 당신도 5월 2일에 보낸 그 편지를 틀림없이 기억하고 계실 겁니다. 지금처럼 멀리 떨어져 쓸쓸한 적막감 속에서 그것을 읽으면, 삶에 대한 당신의 아름다운 배려가 파리에서보다 훨씬 더 나를 감동시킵니다. 파리라는 곳은 사물을 뒤흔드는 요란한 소음 때문에 모든 것이 달라지는 곳입니다. 그러나 이곳은 드넓은 평야가 나를 감싸고 있으며, 바다로부터 불어오는 바람이 있어서 전혀 다른 느낌입니다. 마음 깊은 곳에 자기만의 생명을 지니고 있는 당신의 느낌이나 의문에 대해서는 그 누구도 대답을 줄 수 있을 것 같지 않습니다. 아무리 훌륭한 사람일지라도 말로는 나타낼 수 없는 것을 설명할 때, 언어의 오류에 빠지기 십상이기 때문입니다. 그러나 당신이 현재 내가 편안함을 얻고 있는 사물들과 비슷한 사물들에 의지한다면, 당신의 문제도 언젠가 해결될 수 있을 것이라 생각합니다. 다시 말해, 당신도 소박한 자연에 의지해 눈에 보이지 않을 만큼 작은 것이긴 하지만 순식간에 커다랗게 될 수도 있는, 그런 작은 사물들에게 사랑을 가지고 단순한 봉사자로서 신뢰를 얻도록 노력해 보세요. 그러면 모든 것이 보다 쉬워지고, 자연과 하나가 됨을 깨닫게 될 것입니다. 비록 사물에 대해 이해가 안 되더라도 당신의 깊은 내면의 의식과 깨어나는 인식 속에서는 가능할 것입니다.

　무엇보다도, 당신은 아직 젊고 또 모든 것이 지금 시작되고 있습니다. 내가 부탁하고 싶은 것은, 당신의 마음 깊은 곳에 있는 해결되지 않은 문제들을 밀폐된 방이나 낯선 말로 쓰인 책처럼 인내심으로 사랑하고, 성급히 답을 찾으려 애쓰지 마십시오. 당신은 지금까지 그 대답을 가지고 살아 보지 않았으므로 아무리 노력해도 그 대답이 금방 주어지지는 않을 것입니다. 모든 것은 살면서 경험하는 것이 중요합니다. 지금은 단지 그 문제 속에서 살아 보십시오. 당신은 머지않은 장래의 어느 순간에 그 대답 속에서 살게 될 것입니다. 그리고 당신은 행복하고 순수한 삶을 만들어 나갈 가능성을 가지고 그곳으로 스스로를 이끌어 가십시오.

　무엇이든 신뢰하고 받아들이세요. 그것은 당신의 의지 또는 당신 내면의 어떤 필요로부터 나올 때만 스스로 참아 낼 것이므로 결코 미워하면 안 됩니다. 성(性)이라는 과제는 매우 어렵지만, 우리로서는 어떻게 할 수 없는 괴로움입니다. 진지한 것은 모두 어려우며, 또 모든 것은 진지합니다. 당신이 만일 당신의 본능과 태도로써 그 점을 인식한다면, 당신의 체험과 소년 시절의 힘으로 인습과 관습에 물들지 않고, 성(性)과의 완전하고 독자적인 관계를 자신 속에서 얻게 될 것입니다.

그리고 당신은 자격지심이나 타락 때문에 가장 고귀한 소유물인 성에 대해 겁낼 필요는 없습니다. 육체적인 쾌감은 감각적인 체험으로, 그것은 순수한 직관이나 우리의 혀를 가득 채워 주는 달콤한 과일의 순수한 느낌과 다르지 않습니다. 그것은 우리에게 부여된 커다란 경험이며, 세계를 깨닫는 인식이고, 모든 지식의 풍요와 빛입니다. 그것을 받아들이는 것이 나쁜 것이 아니라, 사람들이 그 경험을 잘못 이용하고 낭비하며, 가장 고귀한 곳으로 이르는 수단으로 쓰지 않고 단순한 마음 상태의 자극으로 삼아 삶의 지친 자리를 메우려는 것이 나쁜 것입니다.

인간들은 단순히 먹는 일조차도 이상하게 만들어 버렸습니다. 어떤 사람은 모자라는데 다른 사람에게는 남아돌아, 먹는다는 욕구의 솔직성마저 흐리게 만들었습니다. 마찬가지로 삶을 새롭게 해 주는 심오하고 단순한 욕구들마저 모두 흐려졌습니다. 그러나 사람은 자기 자신을 위해 그것들을 깨끗하게 할 수도, 분명하게 할 수도 있습니다. 타인에게 지나치게 의존하는 사람은 불가능하겠지만, 고독한 사람은 가능합니다. 고독한 사람은 동물이나 식물의 아름다움이 사랑과 동경의 은밀하고도 지속적인 형태라는 삶을 알고 있습니다. 그런 사람은 식물을 보듯 동물을 볼 수 있습니다. 동물들은 끈기 있게 기다렸다가 즐거이 두 몸이 하나가 되어 번식하고 성장하는데, 그것은 단순한 육체적 쾌락이나 고통이 아닌 의지나 저항보다도 힘찬 필연성에 몸을 맡기기 때문입니다. 우리 인간도, 아주 작은 미물일지라도 가볍게 느낄 것이 아니라, 대지에 넘쳐흐르는 이 신비를 겸허하게 받아들이고, 보다 진지하게 느끼며, 보다 엄숙하게 참으면 얼마나 좋겠습니까? 정신적이든 육체적이든 인간이 하나뿐인 자기의 생식 능력에 대해 보다 경건한 자세를 가진다면 얼마나 좋겠습니까? 사실 정신적인 창조란 육체에서 비롯되며, 본질적으로는 육체적인 창조와 같고, 더욱 은밀하고 황홀하며 영원한 육체적인 쾌락의 반복에 지나지 않습니다. 창조자로서 생산하고 무엇을 만든다는 생각은, 이 세계에서 얻어지는 영원하고도 보다 큰 확증과 현실감 없이는 불가능합니다. 사물이나 동물에 비하면 정말 아무것도 아니지요. 그리고 그런 즐거움은 그것이 수백만의 생산과 잉태에 대해 태어날 때부터 얻어진 추억으로 가득 찼기 때문에 보다 아름답고 풍성한 것입니다.

한 창조자의 사상 속에는 수천 날의 잊힌 사랑의 밤이 생생하며, 고귀함과 존엄성으로 가득 차 있습니다. 밤마다 서로 만나 일렁이는 쾌락 속에 몰입된 연인들은 진지한 작업을 하고 있는 것입니다. 언젠가 나타나 말할 수 없는 환희의 노래를 부를 미래의 시인을 위해 힘과 깊이와 달콤함을 쌓아 가며 미래를 불러오는 것입니다. 그들이 설사 잘못을 저지르고 맹목적으로 포옹하더라도 미래는 오게 마련이며, 새로운 인간도 태어납니다. 저절로 이루어지는 것처럼 보이는 우연성에도 법칙이 있게 마련입니다. 그런 법칙에 따라, 힘센 정자는 그것을 받아들일 준비가 되어 있는 난자 속으로 들어갑니다.

당신은 절대로 피상적인 것에 속지 마세요. 아무리 피상적인 것이라 하더라도 나쁜 사람들은 스스로 그 신비를 잃어버리고 봉해 놓은 편지처럼 내용도 모르는 채 남에게 넘겨주게 됩니다. 그러므로 이름의 다양성과 사건의 복잡성에 현혹되면 안 됩니다. 모든 것에는 모두가 동경하는 모성이라는 것이 있습니다. 당신의 적절한 표현대로, 처녀의 아름다움은 아직 아무것도 이루지 않은 존재의 아름다움으로, 동경하고 준비하고 불안을 느끼며 예감하는 모성이고, 어머니의 아름다움은 봉사하는 모성이며, 할머니의 마음속에는 그 모성에의 위대한 추억이 간직되어 있습니다. 남성에게도 모성이라는 것이 있는데 육체적, 정신적인 두 가지의 모성이지요. 남성이 하는 생산은 일종의 잉태이며, 그의 창작이 그의 내부의 충만함에서 비롯된다면 그것 역시 출산입니다. 양성은 우리가 생각하는 이상으로 서로 가까운 것이며, 세상의 위대한 개혁은 남자와 여자가 모든 그릇된 감정과 혐오감에서 벗어나, 서로 반대되는 존재로서 상대방을 찾지 않고 형제자매로서, 이웃으로서 인식할 때 비로소 성립될 듯싶습니다.

  장차 많은 사람에게 가능할지도 모르는 모든 것에 대해, 고독한 사람은 일찍부터 미리 준비하며 실수가 없는 손으로 세워 나갈 수 있습니다. 그러므로 당신 또한 고독을 사랑하고 당신에게 부닥쳐 올 고통을 아름다운 음조로 참고 견뎌 내십시오. 당신이 편지에 쓴 내용에 의하면, 평소 가까이 지내던 사람들이 멀어져 간다고 하셨는데 그것은 당신의 주변이 넓어지기 시작했다는 증거입니다. 그러니 아무와도 함께 갈 수 없는 당신의 성장을 오히려 기뻐하십시오. 그리고 처져 있는 사람들에게는 관대하게 대하고, 그들 앞에서 확고하고 침착한 태도를 취할 것이며, 당신의 회의로 그들을 괴롭히지 않아야 하고, 그들로서는 이해할 수 없는 당신의 확신이나 즐거움으로 그들을 놀라게 하지 마십시오. 당신이 설령 완전하게 달리 된다 하더라도 필연적으로 꼭 변할 것까진 없으며, 그들과 더불어 단순하고 소박하게 서로의 공통점을 찾도록 노력하십시오. 그들에게서 벌어지는 다른 형태의 삶을 사랑한 후에는 홀로 있기를 두려워하는 나이 많은 사람들의 삶에 대해 관대함을 보이고, 그 고독에 대해서는 신뢰감을 갖도록 하십시오. 언제나 어린이와 어른 사이에서 팽팽히

맞서는 연극의 소재를 제공하지 않도록 조심하십시오. 그것은 어린이들의 힘을 소비시키며, 설령 이해는 못 하더라도 따뜻한 마음을 가진 노인들의 사랑을 빼앗아 갑니다. 노인에게서 충고를 바라거나 그들의 이해심을 기대하지도 마십시오. 그러나 유산처럼 당신을 위해 마련된 그 사랑 속에는 힘과 축복이 있으므로, 당신이 거기서 빠져나와 지나치게 동떨어질 필요는 없다는 사실을 믿으십시오.

우선, 당신이 어떤 직업의 문턱에 들어섰다는 사실은 좋은 일입니다. 직업은 당신의 자립심을 키워 주며, 어떤 의미에서는 당신이 더욱 굳건해지도록 도와주기도 합니다. 직업 때문에 당신의 내적인 생활에 제약이 있다고 느낄 때까지는 참고 기다리세요. 저도 직업이란 매우 어렵고 까다로운 것으로 알고 있습니다. 직업은 인습에 짓눌려 있기 때문에 개인적인 의견이 발붙일 여지가 없습니다. 그러나 당신의 고독은 그런 속에서도 당신이 의지하는 고향이 되어 줄 것이며, 그 고독으로 당신은 자신의 길을 빨리 발견할 수 있을 것입니다.

제 모든 소망을 기꺼이 당신과 함께할 마음의 준비가 되어 있으며, 제 모든 신뢰감은 항상 당신 곁에 있을 것입니다.

라이너 마리아 릴케

1903년 10월 29일, 로마에서 (I)

당신이 8월 29일에 보내 주신 편지는 플로렌스에서 받게 되었습니다. 그런데 두 달이 지나서야 답장을 하게 되었군요. 답장이 너무 늦은 것을 용서하세요.

나는 여행 중에는 편지를 잘 쓰지 않는 편입니다. 편지를 쓰려면 꼭 필요한 필기구 외에도 내게는 그 이상의 것이 필요하기 때문이지요. 그것은 약간의 적막과 고독, 그리고 과히 낯설지 않은 시간입니다.

우리는 6주일 전쯤 로마에 도착했습니다. 그때 로마의 거리는 한산했으며, 날씨가 더운 데다 열병 소문이 떠돌고 있었습니다. 이런 형편에 실제적인 다른 제반 시설까지 부족하여 고향이 없는 우리 외국인들의 불안감은 가실 줄을 몰랐습니다. 게다가 로마는 아직 그곳을 모르고 있는 사람에게, 처음 며칠 동안은 기분을 짓누르는 슬픈 인상을 준다는 사실도 감안해야 합니다. 이런 침울한 인상은 활기가 없고 우울한 박물관 같은 분위기에 의한 것이며, 파헤쳐지고 애써 유지, 보존된 과거 때문이기도 합니다. 그러나 보잘것없는 현재는 그 과거로부터 영양분을 섭취하고 있습니다. 이름도 없는 사물, 학자와 문헌가들의 지지를 받으며 평범한 이탈리아 여행객들에 의해 변명되는 썩은 사물에 대한 모방된 과대평가도 그러합니다. 그런 사물들은 실제로는 우리의 것도, 또 우리의 것이 되어서도 안 될 다른 시대, 다른 삶의 우연한 흔적에 불과합니다. 몇 날 몇 주일이 지나고 나면 얼떨떨하지만 비로소 자기 정신을 되찾고 자기에게로 돌아와서 혼잣말로 중얼거리게 됩니다. 이곳이라고 해서 다른 곳에 비해 특별한 아름다움이 있는 것은 아니다, 세대를 거치며 고쳐지고 보완되어 끊임없이 감탄을 받고 있는 대상들도 아무런 의미가 없다, 그 자체는 그 어떤 마음도 가치도 없다고 말입니다. 그러나 로마에도 아름다움은 곳곳에 있었습니다.

어디에도 아름다움은 있는 법. 무한히 살아서 움직이는 물줄기는 고대의 물길을 거쳐 대도시로 흘러와 숱한 광장 위에 있는 돌로 된 흰 물받침대 위에서 너울거리며, 커다란 수로가 넓어져 낮에는 졸졸거리고 밤에는 그 물소리가 더욱 커집니다. 이곳의 밤은 특히 쓸쓸해 보이고, 별이 총총하며, 바람이 부드럽게 느껴집니다. 그리고 곳곳에 정원이 있고 잊을 수 없는 골목길과 계단도 있습니다. 미켈란젤로가 흐르는 물을 본떠 만든 계단은 넓은 경사를 이루며, 층계와 층계가 마치 파도에서 파도가 만들어지듯 되어 있습니다. 그런 로마의 인상을 통해 사람들은 정신이 맑아지고, 말 많고 지껄이기 좋아하는 사람들로부터 자신을 이겨 내면서 점차 사물을 느끼게 됩니다. 그런 사물들 속에는 사람들의 영혼이 살아 숨 쉬고 있으며, 소리 없는 고독이 숨어 있습니다.

나는 로마의 예술이 우리에게 남긴 작품 중 가장 아름다운 아우렐리우스의 기사상이 있는 곳에서 과히 멀지 않은 도시의 언덕 위에 머물고 있습니다. 그러나 몇 주일 안에 저는 조용하고 아담한 방으로 이사할 예정입니다. 커다란 공원의 깊숙한 곳에 자리를 잡고 있어 도시의 소음으로부터 벗어난 다락방이지요. 그곳에서 겨울 내내 지내며 고요를 즐기고, 멋지고 활동적인 시간의 선물을 기대하고 있습니다. 그곳이라면 집에 있는 것처럼 편안할 것입니다. 그렇게 되면 당신에게 긴 편지를 보낼 수 있을 것이고, 보내 준 사연에 대해서도 의견을 말할 수 있을 것입니다.

벌써 오래전에 했어야 하는 말인데, 보내 주신 편지에서 알려 주신 책(당신의 작품이 실려 있다는)을 아직까지도 받지 못했습니다. 그쪽으로 반송이 되었는지 모르겠군요. 혹 봅스베데로부터라도 말입니다(소포는 외국으로 반송이 되지 않지요). 그럴 가능성이 가장 높은데, 정말 그렇게 되었으면 좋겠습니다. 바라건대 분실이 되지 않았으면 합니다. 이탈리아의 우편 사정으로 봐서는 유감스럽게도 그런 일이 흔히 일어나니까요.

그 책이 제게 왔더라면 보내 주신 다른 것과 마찬가지로 기쁘게 받았을 것입니다. 그리고 최근에 지은 시들도 보내 주신다면 언제든지 읽고 또 읽어, 내가 할 수 있는 데까지 마음으로부터 그것을 이해하도록 노력하겠습니다.

희망의 인사를 보내며
라이너 마리아 릴케

1903년 12월 23일, 로마에서(Ⅱ)

친애하는 카프스 씨!
제게서 인사말이라도 받으셔야겠습니다. 크리스마스 축제의 분위기에 빠지고 보면 당신의 고독은 그 어느 때보다도 더욱 참기 어려운 때가 될 것이니 말입니다. 그러나 그 고독이 크다는 사실을 알았다면 그 사실에 대해 기뻐하십시오. 이렇게 자문해 보세요. 위대함을 지니지 않은 고독이란 대체 무엇인가?

고독이란 단 하나뿐이며 그것은 크고도 참기 어렵습니다. 그리고 누구에게나 그런 시간이 오게 마련입니다. 비록 부질없고 싸구려 연대감이지만 고독을 그것과 바꾸고 싶을 때도 있고, 형편없고 보잘것없는 사람이라도 좋으니 겉치레라도 그들과 함께 고독을 나누고 싶을 때가 있는 법입니다. 그러나 아마도 그런 시간들이 바로 고독이 자라나는 때일지도 모릅니다. 고독이 자라나는 것은 소년이 성장하듯 고통스러우며, 봄이 시작되듯 슬프기 때문입니다. 그러니 당신은 착각하면 안 됩니다. 반드시 있어야 할 것은, 이것 하나뿐입니다. 고독, 크고도 내적인 그 고독뿐입니다. 자기 속으로 몰입하여 아무와도 만나지 않는 것, 그런 것에 도달할 수 있어야 합니다.

어린 시절처럼 고독해 보세요. 아이들 눈에는 중요하고 크게 보이는 사물을 어른들이 우왕좌왕하며 무심코 지나칠 때, 아이들은 얼마나 고독함을 느꼈겠습니까? 어른들은 바쁘게만 보이고, 아이들은 어른들의 그런 행동을 도저히 이해할 수 없기 때문입니다. 그러다가 어느 날이면 그들의 사업은 보잘것없으며, 그들의 직업은 돌처럼 딱딱해서 생명력이 없다는 것을 알게 되고도, 무엇 때문에 어린아이처럼 자기 세계의 깊이로부터 나와 그 자체가 일이며 직위이며 직업인 자기 고독의 넓이로부터 빠져나오려 할까요? 무엇 때문에 그것을 자기와는 상관없는 낯선 것으로 보지 않을까요? 무엇 때문에 어린아이의 현명한 몰이해를 반항이나 경멸로 바꾸려고 할까요? 몰이해라는 것은 그 자체가 고독이지만, 반항이나 경멸은 이미 관여가 아닐까요? 비록 어떤 수단으로 그 '관여'에서 멀어지려 해도 말입니다.

당신은 내면에 있는 세계를 생각해 보고, 그 생각을 원하는 대로 받아들이세요. 그것이 어린 시절에 대한 추억이든 미래에 대한 동경이든 상관없습니다. 단지 당신의 내부에서 일어나는 일에 대해 관심을 기울이고, 그것을 주변에서 볼 수 있는 모든 것 위에 놓으십시오. 당신의 내부에서 일어나는 일이야말로 당신이 혼신의 사랑을 바칠 만한 가치가 있습니다. 어찌 되었든 당신은 그것을 열심히 추구해야 하며, 당신의 지위를 다른 사람에게 확인시키려고 쓸데없이 많은 시간과 힘을 낭비하지 마세요. 당신이 그런 지위에 있다고 해서 누가 당신에게 말이라도 해 줄까요? 당신의 직업이 어려운 것이고 당신 자신에 대해 까다롭다는 것을 나는 알고 있었습니다. 나는 그런 당신의 한탄을 이미 알고 있었으며, 조만간 당신이 내게 그런 한탄을 하리라는 것도 알고 있었습니다. 그리고 마침내 그 말이 나왔지만, 별다른 위안의 말을 드릴 수가 없군요. 드릴 말이 있다면, 모든 직업이 자신에게는 까다롭고 불만스러운 것이 아닌가 하고 깊이 생각해 보십시오.

우리는 항상 자신의 직업에 대해 투덜대며, 힘없는 의무를 찾아내는 사람들의 증오감을 흠씬 뒤집어쓰는 것이 아닐는지요. 당신이 지금부터 지켜 나가야 할 직위는, 인습과 편견과 오류에 짓눌려 있다는 점에선 오히려 다른 직위보다는 쉬운 것입니다. 설령 보다 큰 자유를 내세울 수 있는 직위가 위대한 사물들과 관계를 맺고 있더라도, 그 자체의 내부가 크고 넓어 진정한 삶을 가능하게 하는 직위란 없습니다. 고독한 개인만이 사물과 같이 심오한 법칙 아래 놓여 있습니다. 어떤 사람이 동틀 무렵 밖으로 나가거나 사건에 가득 찬 어둠 속을 바라볼 때, 그리고 거기서 어떤 일이 일어나는지를 알아차릴 때, 모든 직위는 죽은 자로부터 떨어져 나가듯 그로부터 떨어져 나갑니다.

카프스 씨, 현재 장교로서 경험하는 일들은 당신이 어떤 직업에 종사하더라도 똑같이 느낄 만한 일들입니다. 심지어 당신이 당신의 직위에서 벗어나, 가볍고도 독창적인 사회와 접촉하고 싶더라도, 당신에게 덮쳐 오는 그와 같은 답답한 감정은 어쩔 수 없을 것입니다. 그러나 슬퍼하거나 불안해할 이유는 없습니다. 사람들과 당신 사이에 어떤 관계가 없다면 사물에 가까워지도록 노력하는 것이 좋습니다. 그것들은 결코 당신을 배반하지 않을 것입니다. 숱한 밤도 여전히 그대로이며, 나무 사이와 대지 위에 불어오는 바람도 변함이 없을 것입니다. 사물과 동물 가운데는 여전히 당신이 관여해도 좋을 사건으로 가득 차 있으며, 당신의 어린 시절처럼 행복하면서도 슬픔을 느끼는 아이들도 그대로 있습니다. 당신이 어린 시절을 회상해 보면 또다시 그 고독한 어린이들 사이에서 살아가게 될 것입니다. 어른들이란 아무것도 아니며, 그들의 권위는 아무 가치도 없습니다.

당신은 이제 신(神)을 믿지 않기 때문에, 어린 시절과 연결된 소박함과 고요를 생각하는 것이 두렵고 고통스럽다면, 당신은 진실로 신을 잃어버렸는지 스스로에게 물어보십시오. 혹시 당신은 신을 한 번도 믿은 적이 없었던 것은 아닐까요? 언제 그런 것이 있었던가요? 어린이는 그 신을 지니고 있다고 생각하는 것은 아닐는지요. 어른들도 겨우 그 무게를 견딜 정도이며, 늙은이들은 그 무게에 짓눌려 버리는 신을 어린이가 어떻게 지닐 수 있을까요? 만일 그렇다고 믿는다면, 그 신을 진실로 가진 사람이 조약돌을 잃어버리듯 그렇게 간단히 잃어버릴 수 있을까요? 그렇지 않으면 그것을 가진 사람이 그 신으로부터 버림을 받았다고 생각하십니까? 그러나 만약 당신의 어린 시절에도 신은 없었으며, 그전에도 존재한 적이 없다는 사실을 깨닫게 된다면, 그리스도는 그의 동경 때문에, 마호메트는 그의 오만 때문에 신망을 잃게 되었다는 점을 짐작한다면, 그리고 무서운 일이지만 우리가 신에 대해 얘기하고 있는 이 순간에도 신은 없다는 사실을 느낀다면, 당신은 도대체 무슨 권리가 있기에 한번도 존재하지 않던 신을 잃어버리기나 한 것처럼 과거를 동경하거나 되살리듯이 찾아 헤매는 겁니까?

왜 당신은 그 신이 영원 앞에 서 있어서 다가올 미래에 나타날 분으로 생각하지 않습니까? 그분이야말로 최후의 열매이고, 우리는 그분의 나뭇잎들이 아닐는지요. 무엇이 당신을 방해해 신이 탄생되는 시간 속으로 당신을 밀어 넣고 있으며, 당신의 삶을 고통스럽고 아름다운 날처럼 위대한 생명의 역사 속에서 살아가지 못하게 합니까? 발생하는 모든 일처럼 언제나 시작은 있으며, 그 시작이 아름다운 신의 시작이라고 해도 좋다는 사실을 모르십니까? 만일 신이 완전한 분이라면 그분 앞에 저속한 것은 없어야 하지 않을까요? 모든 것을 자신 속에 포용하려면 결국 신은 제일 나중에 오는 분이어야 합니다. 우리가 열망하는 그분이 만일 과거에 존재했었다면, 우리에게는 도대체 어떤 존재의 의미가 있단 말입니까?

꿀벌들이 꿀을 모으듯 우리는 모든 것으로부터 가장 달콤한 것만을 모아서 신을 만듭니다. 보잘것없는 것이나 보이지 않는 것이라도 그것이 사랑에서 나오기만 한다면, 우리는 그것으로부터 시작하는 것입니다. 고된 작업 뒤에 오는 휴식, 침묵이나 고독한 기쁨, 협력자나 추종자도 없이 우리는 우리가 경험하지도 못할 신을 만들기 시작하는 것입니다. 우리의 조상들이 우리를 경험하지 못했듯이 말입니다. 그러나 까마득한 과거의 조상들은 우리의 운명 앞에 놓인 짐과 흐르는 피로서, 시간의 심연으로부터 솟아나는 몸짓과 소질로서 우리의 내부에 존재하고 있습니다. 그분, 그 아득한 분의 내부에 영원히 존재하고 싶다는 당신의 소망을 빼앗아 갈 것이 어디 있습니까?

친애하는 카프스 씨!

신은 당신에게서 이런 생의 불안을 필요로 할지도 모른다는 경건한 마음으로 크리스마스를 즐겨 보세요. 현재 당신에게 닥친 과도기의 나날은, 숨 돌릴 새도 없이 그분을 위해서 일하던 어린 시절처럼, 당신 내부에 있는 모든 것이 신을 위해 일하는 나날인지도 모릅니다. 불쾌한 감정을 떨치고 단지 참으세요. 우리가 할 수 있는 조그만 일이나마 그분을 위해서는 생명의 탄생을 돕는다고 생각하십시오. 봄이 올 때까지 대지가 봄에 해 주듯 말입니다.

즐거운 기분으로 위안을 받으세요.

라이너 마리아 릴케

1904년 5월 14일, 로마에서(Ⅲ)

친애하는 카프스 씨!
당신의 지난번 편지를 받고 벌써 많은 시간이 흘렀습니다. 나를 너무 나무라지 말아 주세요. 쓸데없는 일들이 생기고 병이 도지는 바람에 답장을 바로 하지 못했습니다. 그런데 사실은, 좀 더 안정되고 기분이 좋을 때 당신에게 답장을 하려고 했습니다. 이제는 기분이 조금 나아졌습니다. 이곳에서도 극성맞고 변덕스러운 초봄의 환절기가 지독했었답니다.

경애하는 카프스 씨!

이제야 당신에게 안부를 전하면서, 보내 주신 편지에 대해 즐거운 마음으로 답하려 합니다. 보다시피 나는 당신의 소네트를 베꼈습니다. 그 소네트는 아름답고 소박하며, 형상에 있어서도 고요하고 단아한 것으로 여겨졌기 때문입니다. 내가 지금까지 읽은 당신의 시 가운데서 가장 좋은 작품이라 생각됩니다. 이제 내가 손으로 직접 적은 것을 보내 드리겠습니다. 자기 작품이 다른 사람에 의해 쓰인 것을 다시 읽는다는 것은, 아주 중요하고도 새로운 경험이 된다는 것을 알기 때문입니다. 그것을 다른 사람이 쓴 시로 생각하고 읽어 보세요. 그러면 당신은 마음 깊은 곳에서 진정 자신의 작품이라는 것을 절실하게 깨닫게 될 것입니다.

그 소네트와 당신의 편지를 가끔 읽어 보는 것이 내게는 큰 즐거움이었습니다. 그 두 가지에 대해 당신께 감사하고 있습니다. 그리고 당신 내부에 있는 어떤 것이 당신의 고독으로부터 빠져나가려 한다고 해서 당신의 고독에 대해 당황하지는 마세요. 만일 당신이 그런 희망을 냉정하고 침착하게 도구처럼 사용한다면, 당신의 고독이 넓은 대지 위로 확산되는 데 도움이 될 것입니다. 인습이라는 것 때문에 사람들은 모든 일을 안이하고 쉬운 방향으로 해결해 왔습니다. 그러나 우리는 어려움이 닥쳐왔을 때 회피해서는 안 됩니다. 생명이 있는 것은 모두 어려운 쪽에 지탱하고 있으며, 자연 속에 있는 모든 것은 자기 방법에 따라 저항하고 자라며, 자기 스스로를 세우려고, 어떤 저항이나 대가를 치르더라도 독자적인 것이 되려고 애쓰고 있습니다. 우리가 비록 아는 것은 많지 않지만, 우리가 어려운 쪽에 의지해야 된다는 사실만은 틀림이 없습니다. 그런 확신은 결코 우리를 저버리지 않을 것입니다. 고독하다는 것은 좋은 일입니다. 고독이란 어렵기 때문이죠. 그것이 어렵다는 사실만으로도 우리가 고독해야 할 충분한 이유가 되지 않을까요?

사랑하는 것 또한 좋은 일입니다. 사랑 역시 어렵기 때문입니다. 사람과 사람이 서로 사랑한다는 것, 그것은 우리에게 부여된 가장 어려운 일일지도 모릅니다. 그것은 궁극적인 마지막 시련이고 시험이며 과제입니다. 거기에 비하면 다른 일들은 준비에 지나지 않습니다. 그런 점에서 젊은 사람들은 아직 사랑할 능력이 없습니다. 사랑도 배워야 하니까요. 모든 노력을 기울여 고독하고 긴장하며 하늘을 향한 마음으로 그들은 사랑하는 방법을 배워야 합니다. 젊은 시기는 언제나 지루하고 닫힌 기간이므로 사랑은 오랜 세월을 두고 인생의 내부까지 깊이 파고드는 고독입니다. 사랑이란, 사랑하는 사람을 위해 승화되고 심화된 홀로됨입니다. 사랑이란 무턱대고 덤벼들며 헌신하여 다른 사람과 하나가 된다는 뜻은 아닙니다. 그도 그럴 것이, 아직 깨닫지 못한 사람과 미완성인 사람, 그리고 무원칙한 사람과의 만남이 도대체 무슨 의미가 있겠습니까? 사랑이란 자기 내부의 그 어떤 세계를 다른 사람을 위해 만들어 가는 숭고한 계기입니다. 그리고 자기 자신을 보다 넓은 세계로 이끄는 용기입니다. 사랑을 하나의 임무처럼 밤낮으로 수련을 쌓아 나간다는 의미에서만 젊은이들의 사랑은 의미가 있습니다. 깊이 빠져들고 헌신하고 다른 사람과 어울린다는 것은, 아직 힘을 비축해야 할 젊은이들에게는 어울리지 않습니다. 그것은 인간 생활에서 지금까지 도달할 수 없었던 영원한 것입니다.

 참을성이 없다는 것이 젊음의 본질이라고는 하지만, 젊은이들은 그것을 곧잘 착각하고 어렵게 생각하기 때문에, 사랑이 다가오더라도 서로 몸을 던져 버리거나 자신을 흐트러뜨리고 맙니다. 그들은 무질서와 혼란 속에서 헤어나지 못합니다. 의기소침한 그 젊은이들에게 삶이 어떻게 해 줘야 할까요? 사람들은 오히려 그들의 결합을 행복이라 여기고, 자신들의 미래라 부르기도 합니다. 그렇게 되면 각자는 다른 사람 때문에 자기 자신까지 잃게 되며, 상대방과 또 다른 사람까지 잃고 맙니다. 그리고 가능성을 잃고 예감에 가득 찬 사물들을 붙잡지 못한 채 아무 소득도 없이 곤란함에 빠져 버립니다. 그리하여 남은 것이라고는 구역질과 실망, 빈곤뿐으로, 이 위험한 과정은 공동 대피소로 피하듯 여러 가지 인습에 구조를 요청할 수밖에 없습니다. 거기에는 여러 종류의 구명대와 보트가 있습니다. 사회적인 통념이 다양한 도피처를 만들어 낸 것입니다. 사회적인 통념은 애정 생활도 오락으로 간주하는 경향이 있어서, 공공연한 오락처럼 그것도 값싸고 위험하지 않은 안전한 것으로 만들어야 했기 때문입니다.

일반적으로 아무렇게나 살아가는 젊은이들은 간단히 몸을 던진 잘못에 대해 압박감을 느끼면서도, 그들만의 독특한 방법으로 살아가려고 합니다. 그럴 수밖에 없는 것이, 그들 내부의 자연이 이렇게 얘기해 주기 때문입니다. 무엇보다도 중요한 사랑의 문제는 어떤 결합이나 협조를 얻어서는 해결될 수 없다는 것, 즉 그 문제는 모두가 새롭고 특별해서 각자 독자적인 해답을 필요로 하는 인간의 절실한 문제라는 사실을 알려 주기 때문입니다. 그렇지만 이미 함께 어우러져 경계나 구별 없이, 자기의 독자적인 것을 지니지 못하게 된 그들이 고독의 깊이로부터 어떻게 출구를 발견할 수 있을까요?

그들은 누구나 마음에 내키지 않는, 결혼 같은 인습을 피해 보려 노력하지만 결국엔 그것보다는 덜하지만 치명적이고 인습적인 해결을 하게 됩니다. 그것은 그들을 에워싸고 있는 주위의 모든 것이 바로 인습이기 때문입니다. 일찍부터 혼탁한 결합으로 어떤 행위가 이루어지는 곳에서는, 어떤 행동이든 결국은 인습에 따른 것이기 때문입니다. 그것이 비관습적이든 일반적인 의미에서의 비도덕적이든, 혼란으로 이끄는 어떤 관계도 결국은 인습이란 것을 지니게 되는 것입니다. 심지어는 이별도 인습적인 발걸음인지 모릅니다. 그것은 힘이 되거나, 결과도 없는 개성적이지 못한 우연한 결심에 불과합니다.

진지한 사람은 누구나 사랑의 괴로움도 죽음처럼 설명이나 해결, 그리고 암시조차 없다는 것을 알고 있습니다. 열어 보지도 못하고 닫힌 채로 다음 사람에게 넘겨줘야 하는 죽음과 사랑이란 두 과제는 어떤 공통적인 규칙이나 약속에 의해 탐구될 수 없습니다. 그러나 우리가 삶을 탐구해 나가는 정도에 따라 이 중요한 과제들은 보다 가까이 우리와 접촉하게 될 것입니다. 사랑이 우리에게 요구하는 것은 엄청 큰 것이며, 처음 시작하는 우리로서는 그 요구에 대응하기 어렵습니다. 그러나 우리는 수

련을 통해, 사랑을 극복해야 할 과제로 생각하고 견뎌 내야 합니다. 인간의 가장 참된 진심을 숨기는 가벼운 유희에 스스로를 잃지 않아야 합니다. 그래야 우리 후손들에게 미약하나마 발전과 만족을 느끼게 해 줄 수 있을 것입니다. 그것만으로도 큰 수확이라고 할 수 있습니다. 이제야 우리는 개인과 다른 사람과의 관계를 편견 없이 사실대로 관찰하기에 이르렀습니다. 그리고 그런 관계를 지닌 채 살아가려는 우리의 시도에는 어떠한 규범도 없다는 것을 깨달았습니다. 그렇지만 시간의 흐름 속에서 우리는 주저하면서 시작하는 사람들을 도와주고 싶어 합니다.

새롭고 독특하게 발전해 나가는 아가씨와 부인은 남자들의 좋은 버릇이나 나쁜 버릇을 흉내 내면서 남성의 작업을 반복하는 사람이 될 것입니다. 그러다가도 여성들은 충만함과 변화를 통해 불안정한 상태가 지나가면 자기 자신을 깨끗이 하려고 합니다. 보다 직접적이며 생산적이고 신뢰로 가득 찬 삶을 사는 여인네들은, 근본적으로 남성보다 훨씬 더 원숙한 존재임에 틀림없습니다. 남성은 한 번도 출산의 고통으로 인한 삶의 아픔을 겪지 못하고, 오만하고 경박하며, 또 성급하여 자기가 사랑하고 있는 것조차 낮게 평가하지 않습니까? 만일 여성들이 외적인 신분의 변화를 겪으면서 여성이라는 인습에서 벗어날 수 있다면, 고통과 굴욕을 참고 견뎌 온 여인의 인간상이 밝게 드러날 것입니다. 남성들은 그 사실에 깜짝 놀라 당황하게 될 테죠.

현재 북쪽에 있는 나라에서는 새로운 형태가 나타나고 있습니다. 언젠가는 여성이 남성의 대립적인 존재나 경계의 대상이 아닌, 삶과 존재만을 생각하는 여성적인 인간상이 나타나게 될 것입니다. 이런 발전이 현재로서는 오류로 가득 찬 남성들의 의지와 대립되고 있지만, 그것을 근본적으로 개조시켜 남성 대 여성의 관계가 아닌, 인간 대 인간이란 공통의 관계를 이루게 될 것입니다. 사려 깊고 조용한 만남, 이별의 과정에서 훌륭하게 이뤄질 이런 인간적인 사랑은 우리가 싸워서 얻어야 하며, 고독한 두 사람이 서로 부축해 주고 인사를 나누게 될 사랑과 비슷합니다.

어린 시절에 당신에게 있던 그 사랑을 잃어버렸다고 생각하지 마세요. 그 당시에는 오늘날 당신이 믿으며 살고 싶은 훌륭하고 위대한 소원과 의도가 아직 성숙하지 않았기 때문이라고 믿고 싶습니다. 그 사랑은 아직도 당신의 추억 속에 힘차게 머물러 있습니다. 그것이야말로 당신이 겪은 최초의 고독이었으며, 당신의 삶에 대한 최초의 진지한 작업이었기 때문입니다.

경애하는 카프스 씨!

당신의 모든 소원이 이루어지기를 바랍니다.

라이너 마리아 릴케

소네트

한숨과 비탄에 젖은 삶은
파르르 떨리는 깊은 우수
순결한 눈꽃이 꿈처럼 흩날리는
고요와 평화의 잔치

그러나 우리는
의문으로 가득 찬 좁은 길과
깊이를 알 수 없는 호숫가를
서성이다 가야 한다

그리고 슬픔은
우리에게 가라앉는다
별이 반짝이는
희미한 여름밤의
어두운 잿빛 슬픔이

그러면 우리는
사랑을 찾아 헤맨다

뜨거운 입술로는 찾을 수 없는
기도의 노래로

— 프란츠 카프스

1904년 8월 12일, 스웨덴의 보레비 고르 프레디에서

친애하는 카프스 씨!

당신과 다시 얘기를 나누고 싶습니다. 비록 도움이 되거나 유익한 말은 드리지 못해도 말입니다. 이미 지난 얘기지만 당신은 여러 종류의 큰 슬픔을 지니고 있었습니다. 그리고 그것들은 스쳐 지나간 것까지도 고통스럽고 마음을 상하게 한다고 했습니다. 그러나 큰 슬픔들이 당신의 중심을 지나 당신이 슬퍼하고 있는 동안에 당신 내부의 많은 것을 변화시키거나, 당신의 본질이 스스로 변화를 일으킨 것은 아닐까요? 그러나 큰 소리로 여러 사람과 슬픔을 나누어 가지려는 것은 위험스럽고, 또 슬픔을 더욱 악화시킬 뿐입니다. 그것은 질병이 있을 때 일시적인 치료와 같아서, 짧은 잠복기가 지나면 재발하거나 내부에 응고되어 생명을 가지면서 타락한 삶처럼 도저히 거기서 살아남을 수 없

습니다. 만일 우리가 지식의 범위를 초월해 먼 곳을 바라보고, 우리의 예감 이상으로 조금 더 밖을 내다볼 수 있다면 보다 깊은 신뢰감을 갖고 슬픔을 견딜 수 있을 것입니다. 슬픔이란 뭔가 새로운 것, 알려지지 않은 것이 들어오는 순간이기 때문입니다. 그 순간 우리의 감정은 깜짝 놀라 입을 다물고, 우리 내부에 있는 모든 것은 뒤로 한발 물러나 거기에 고요가 생겨나며, 아무도 모르는 새로운 것이 그 가운데 침묵을 지키게 되는 것입니다.

우리의 온갖 슬픔은 긴장의 순간인데, 우리는 그것을 오히려 마비로 느끼고 있는 것 같습니다. 우리는 낯선 감정의 소리를 들을 수 없고, 우리 집에 들어선 낯선 손님처럼 단둘만 남게 되기 때문입니다. 순간적으로 모든 친근한 것과 낯익은 것을 빼앗기기 때문이고, 더는 버틸 수 없는 시기에 우리가 서 있는 까닭입니다. 그러므로 슬픔 역시 지나가게 마련입니다. 우리 내부에 있는 새로운 것이나 더해진 것은 우리 마음속으로 스며들어 심장 속으로 들어갔는가 하면, 눈 깜짝할 사이에 바로 혈액 속으로 들어가 섞이게 됩니다. 그래서 우리는 그것이 무엇이었는지조차 모르게 됩니다. 아무 일도 일어나지 않았다고 믿기가 쉽지만, 그래도 우리는 그게 누구였는지, 무엇이었는지조차 알아차리지 못할 것입니다.

그러나 그것은 우리 내부를 바꾸기 위해 그런 방식으로 우리 속으로 들어온다는 사실을 가르쳐 주고 있습니다. 그러므로 슬플 때는 고독하고 조심스럽게 행동하는 것이 아주 중요합니다. 왜냐하면 우리 미래가 우리에게로 들어오는 순간, 겉으로는 전혀 어떤 사건도 없어 보이지만, 미래가 생겨날 때의 시끄럽고 우연한 순간들보다는 훨씬 더 생명 가까이에 서 있기 때문입니다.

슬픔을 느끼는 사람은 참을성이 많고 조용한 성격일수록 새로운 것을 보다 깊고 올바르게 받아들입니다. 우리는 그것을 훨씬 더 쉽게 얻을 수 있으며, 그것이 뒷날 우리에게 일어난다 하더라도, 우리는 그것의 내부에서 변화되고 가까이 있다고 깨닫게 될 것입니다. 그건 정말 필요합니다. 필요할 뿐만 아니라 점차 우리의 발전이 그쪽을 향해야 합니다. 그리하여 우리에게 다가오는 것이 낯선 것이 아닌, 오래전부터의 우리 것이 되도록 만들어야 합니다. 우리의 운동 개념이 잘못되었더라도, 우리가 운명이라고 부르는 것이 타인으로부터 나와서 외부로부터 우리 속으로 들어오는 것이 아니라는 점을 우리는 서서히 인식하게 될 것입니다. 많은 사람은 운명이 그들 내부에서 살고 있는 동안 그것을 흡수해서 자신 속으로 변화시키지 못했기 때문에, 그들은 자기로부터 무엇이 생겨나는지 모르고 지내기도 합니다. 운명이 자신에게 너무 생소해서 그들은 당황하고 놀란 나머지, 그것은 바로 지금 이 순간에 그들 내부로 들어왔을 거라고 확신합니다. 그리하여 전에는 한 번도 그와 비슷한 것조차 본 적이 없었노라고 맹세하지요. 오랜 세월 태양이 지구를 도는 것으로 착각했던 것처럼 다가오는 사람의 움직임에 대해 속고 있는 것입니다. 그러나 경애하는 카프스 씨, 미래는 굳건하게 서 있습니다. 우리만이 끝없는 하늘 속에서 헤매고 있을 뿐입니다. 어떻게 우리가 그것을 어렵게 여기지 않을 수 있겠습니까?

그리고 다시 한 번 고독에 대해 결론적으로 말하자면, 인간이 선택하거나 방치해야 될 것은 아무것도 없다는 사실입니다. 우리는 고독합니다. 단지 그렇지 않은 것처럼 위장하거나 행동할 뿐입니다. 모든 일이 그렇습니다. 그러나 우리는 고독하다는 것을 냉정하게 인식한 다음, 혼란스럽더라도 거기서부터 시작하는 것이 낫습니다. 친근하고 낯익은 것들을 모두 빼앗겨 가까운 것은 아무것도 없고, 먼 것은 모든 게 무한히 멀기 때문입니다. 아무런 준비도 하지 못한 채, 자신의 방에서 느닷없이 산꼭대기로 끌려간 사람이 그와 비슷한 느낌일 것입니다. 비교할 수 없는 불안감이나 이름도 없는 것에 몸을 맡겼다는 감정이 그 사람을 파멸시킬지도 모르지요. 그는 자신이 추락할지도 모른다고 착각하거나, 허공에 내던져졌다고 믿거나, 또는 수천 개의 조각으로 산산이 찢겨졌다고 믿을지도 모릅니다. 그의 의식 상태를 회복하고 설명하기 위해 그는 거짓말을 해야 합니다. 그리하여 고독해지는 사람에게는 모든 거리와 척도가 달라지게 마련입니다. 이런 변화는 느닷없이 일어나며, 산 정상에 오른 사람처럼 인내의 한계를 넘은 이상스러운 공상과 감정이 생겨납니다. 그러나 우리에게는 역시 경험이 매우 중요합니다. 우리의 존재는 그것이 미치는 범위 이상으로 넓게 받아들여야 합니다. 모든 것이 말도 되지 않을 것이 틀림없습니다. 우리가 만나게 될 가장 이상하고 놀라운 것, 불가사의한 것에 대해 용기를 갖는다는 것은 우리에게 요구되는 단 한 번의 용기입니다. 인간들은 이런 의미에서 비겁하고, 그렇기에 삶에 대해 무한한 해독을 끼쳤습니다.

환상적인 체험이나 '영혼의 세계', 죽음 따위와 같이 우리에게 너무도 친근한 것들이 날마다 우리 생활로부터 쫓겨났기 때문에, 쉽게 파악할 수도 있는 의미들 때문에 오히려 고통을 받고 있습니다. 하물며 신에 대해서는 두말할 나위도 없습니다. 불가사의한 것에 대한 불안은 우리 개개인의 존재를 빈약하게 만들 뿐 아니라, 인간과 인간의 관계도 그것으로 하여 제약을 받게 되었습니다. 무한한 가능성을 지닌 물밑으로부터 아무 일도 일어나지 않는 불모의 강변으로 끌어 올려진 셈입니다. 사람과 사람 사이를 그토록 단순하고 구태의연하게 사건과 사건의 맥 빠진 반복으로 만든 것은 우리가 게을러서만은 아닙니다. 견딜 수 없다고 믿는, 새롭고도 보이지 않는 체험을 무조건 두려워하기 때문이지요. 그러나 모든 것에 대해 각오로 무장되어 있어 수수께끼 같은 것도 포용할 수 있는 사람은, 다른 사람과의 관계에서도 무언가 살아 있는 체험으로써 자신의 존재를 스스로 만끽할 것입니다. 그것은 대부분의 사람들이 크든 적든 그들 영역의 한쪽 구석이나 창가 또는 그들이 오르내리는 좁은 길만을 겨우 알고 있다는 분명한 사실 때문입니다. 그래서 그들은 그제야 겨우 어떤 확신을 갖게 됩니다.

에드거 앨런 포(1809~1849. 추리 소설가)의 소설에 나오는 죄수들이 무시무시한 감옥을 손으로 더듬으며 그들의 처지를 친근하게 해 보려 노력하는, 그런 위험스러운 확신이 차라리 더 인간적이라 할 수 있습니다. 그러나 우리는 죄수도 아닐 뿐만 아니라 우리 주변에는 그런 함정이나 적이 없습니다. 우리에게 겁을 주거나 괴로움을 주는 것은 아무것도 없습니다. 우리는 생의 한가운데 놓여 있어 대개는 그것에 순응하고 있습니다. 더구나 수천 년에 걸친 적응을 통해 우리는 이 삶과 너무 닮아 버려서 조용히 버티기만 하면, 우리에게 덮여 있는 다행스러운 보호색 때문에 우리를 에워싼 다른 것들과 구별될 리가 없습니다. 그 세계는 우리에게 적대적인 것이 아니기 때문입니다. 그 세계가 공포를 가졌다면 그건 바로 우리의 공포이고, 심연을 가졌다면 그건 우리의 심연이며, 위험이 있다면 우리는 그것을 사랑해 보려고 애를 써야 합니다. 언제나 어려움을 선택한다는 원칙에 따라 생활을 꾸려 간다면, 지금까지 낯선 것으로 보이던 것도 우리에게 믿음을 주거나 귀중한 보물이 될 수 있을 것입니다. 모든 민족의 초창기에 생긴 신화들을 어떻게 잊을 수 있으며, 아슬아슬한 순간에 공주로 변하는 용의 전설들을 어떻게 잊을 수 있을까요? 모르긴 해도 우리 생활의 모든 용은, 언젠가 우리가 아름답고 용기 있게 보일 때를 기다리고 있는 공주들일 것입니다. 깊은 곳에 도사리고 있는 무서운 것들도 오히려 우리의 도움을 원하는 무력한 존재인지 모릅니다.

친애하는 카프스 씨, 지금까지 느껴 보지 못한 큰 슬픔이 당신 앞에 버티고 있을지라도 결코 놀라지 마십시오. 불안이 어두운 구름과 불빛처럼 당신의 손과 당신의 모든 것 위로 스쳐 지나간다 해도 의연하십시오. 그리고 당신 내부에서 무엇인가 일어나고 있으며, 당신을 잊지 않고 있는 삶은 당신을 손아귀에 꽉 잡고 있어서 결코 떨어뜨리지 않을 거라고 믿어 보십시오. 무엇 때문에 당신은 불안이나 우수, 슬픔 따위를 당신으로부터 추방하려고 합니까? 그런 상태가 당신에게 어떤 일을 해 줄지도 모릅니다. 그런 것들이 어디에서 와서 어디로 가는지에 대해 그렇게 괴롭나요? 당신은 과도기에 처해 있으며, 스스로 변화되기를 무엇보다도 갈망하고 있다는 사실을 알고 있지 않습니까? 당신의 길에 놓인 병이란 것은 생명체가 이질적인 것으로부터 해방되는 수단이라고 생각하세요. 그리하여 생명체가 제대로 병이 되도록 해야 하며, 그 병이 곪아 밖으로 터져 나오도록 노력해야 합니다. 그것이 바로 생명체를 위한 하나의 발전이기 때문입니다.

친애하는 카프스 씨!

당신 내부에서는 지금 많은 일이 벌어지고 있습니다. 당신은 병자처럼 참으시고, 회복기에 있는 환자처럼 확신을 갖도록 하십시오. 어쩌면 당신은 비록 병자지만 그 병이 나아가는 회복기의 환자일지도 모릅니다. 더 나아가, 당신은 감시를 해야 할 의사이기도 합니다. 그러나 어떤 병이든 간에 의사도 기다려야 할 많은 날이 있습니다. 의사로서의 당신이 지금 무엇보다 먼저 해야 할 일은 기다리는 일입니다.

자기 자신을 지나치게 관찰하지 마십시오. 당신의 일에 대해 지나치게 성급한 결론을 내리기보다는 그냥 내버려 두세요. 그렇지 않으면 현재 당신에게 벌어지고 있는 모든 것과 연관된 당신의 과거를 질책의 눈으로 보기 십상입니다. 그런 일을 도덕적이라고 할 수는 있습니다만, 어린 시절의 갈등과 동경, 소원 때문에 생긴 일로 현재 당신의 내부에서 작용하고 있는 것에 대해 회상하거나 판단할 수는 없습니다. 무력하고 고독했던 어린 시절의 관계들은 너무나 어렵고 복잡해서 실생활과는 동떨어져 있기 때문에, 악덕이 그 속으로 끼어들더라도 그것에 '악덕'이라는 이름을 붙여서는 안 됩니다.

그리고 이름이라는 것에 대해서는 조심해야 합니다. 한 생명을 파멸시키는 것도 범죄라는 이름일 경우가 많지만, 그것은 생명의 어떤 필연성 때문에 쉽게 받아들여질지 모릅니다. 그리고 당신에게는 힘의 낭비가 중요하게 생각되고 있는 듯한데, 그것은 승리라는 것에 대해 당신이 지나친 평가를 내리기 때문입니다. 물론 당신의 감정으로는 적합하겠지만, 승리란 당신이 이룩했다고 해서 믿어야 할 위대한 것은 결코 아닙니다. 위대한 것은 이미 존재한 것이며, 속임수가 아닌 무언가 절실하고 더 현실적인 것입니다. 이런 것이 없는 당신의 승리는 단순한 도덕적 반응에 불과하며, 별다른 의미도 없는 것입니다. 그러나 승리는 벌써 당신 생활의 일부가 되었습니다.

친애하는 카프스 씨!

당신이 어린 시절부터 삶의 위대함을 얼마나 동경했었는지 상기해 보십시오. 이제 그것이 보다 더 큰 것을 동경하고 있다는 사실을 저는 알고 있습니다. 그러므로 삶은 언제나 어렵지만 성장을 멈추지 않습니다.

마지막으로 한마디만 더 한다면, 바로 이것입니다. 당신을 위로하려고 애쓰는 내가 즐거움을 주는 이런 단순하고 조용한 말들 속에서 아무런 고통도 없이 편하게 살고 있다고는 생각하지 마세요. 내 삶도 고난과 슬픔을 지니고 있으며, 오히려 당신보다 훨씬 더 처져 있습니다. 그렇지 않다면, 나는 그런 말들을 찾아내지도 못했을 테니까요.

라이너 마리아 릴케

1904년 11월 4일, 스웨덴의 후른보리 욘세레트에서

친애하는 카프스 씨!
답장을 보내지 못하는 동안, 나는 여행도 하고 분주하기도 해서 편지를 쓸 수가 없었습니다. 오늘도 역시 편지를 쓰는 것에 대해 어려움을 느끼고 있습니다. 벌써 여러 통의 편지를 써서 손이 피로하기 때문입니다. 누가 대신 받아 써 주기라도 한다면 당신께 더욱 많은 얘기를 써 보낼 수 있겠지만, 지금은 그럴 형편도 못 되는지라 긴 편지가 아닌 몇 마디의 짧은 글이라도 이

해해 주시리라 믿습니다.

카프스 씨, 나는 가끔 당신에 대한 내 열렬한 소망이 당신에게 어떤 도움이 되어야 할 텐데 하는 생각을 합니다. 내 편지가 정말 도움이 될 수 있는지 가끔 의심도 합니다. 그렇다고 도움이 된다고 말하지는 말고 그냥 이 글을 받아 주세요. 고맙다는 말은 그만두시고요.

당신의 얘기에 일일이 답하는 것은 아무런 의미가 없을지 모릅니다. 절망에 빠지곤 하는 당신의 성품과, 삶의 조화를 이루게 하는 당신의 능력과, 당신을 괴롭히는 모든 것에 대해 내가 말할 수 있는 것은 이미 많이 했다고 생각합니다. 내가 당신에게 늘 바라는 것은, 당신 내부의 인내력을 발견해 참고, 단순한 믿음을 가졌으면 하는 것입니다. 견디기 어려운 고통이나 다른 사람들과의 관계에서 느끼는 당신의 고독에 대해 더 많은 신뢰감을 가지도록 하세요. 그리고 삶이 자기 길을 가도록 그냥 맡겨 두십시오. 제 말을 믿으세요. 삶은 어떤 경우에서든 올바른 것입니다.

감정에 대해 말하겠습니다. 당신의 모든 것을 포용해 주는 감정은 순수하지만, 당신 존재의 일면만을 부여잡고 당신을 일그러뜨리는 감정이라면 매우 불순합니다. 당신의 어린 시절을 떠올리는 것은 좋은 일입니다. 지금까지 당신이 가진 멋진 시간을 보다 더 멋지게 만들어 주는 것들은 옳은 것입니다. 그것들이 당신의 혈액 속에서 도취나 탁함이 아닌 투명한 기쁨이라면 어떤 발전도 좋은 것입니다. 내 말을 이해할 수 있나요?

당신의 절망은 잘만 길들이면 좋은 특성이 될 수도 있습니다. 절망은 지적이고도 비판적이어야 합니다. 절망이 당신에 대해 무언가를 하려 하거든, 왜 그토록 미운지를 그것에게 물어보도록 하세요. 절망에게 증거를 요구하고 그것을 시험해 보십시오. 그리하면 그것은 당황하고 무력해져 결국 억지를 부리고 있다는 사실을 깨닫게 될 것입니다. 그래도 그만두지 말고 논증을 요구하면서 조심스럽고 재빠르게 행동하세요. 절망은 언젠가 파괴자가 아닌 당신의 가장 훌륭한 친구로 변할 때가 있을 것입니다. 아마도 절망은 당신의 삶을 구축하는 데 가장 현명한 친구가 될 겁니다.

친애하는 카프스 씨!

이것이 오늘 내가 말하고자 한 핵심입니다. 프라하의 독일 작품에 실린 내 시를 적어 동봉합니다. 거기서 나는 삶과 죽음에 대해, 그리고 그 두 가지가 모두 훌륭하고 위대한 것이란 점에 대해 말하고 있습니다.

라이너 마리아 릴케

1908년 크리스마스 다음 날에, 파리에서

 카프스 씨, 당신에게서 그런 아름다운 편지를 받고 내가 얼마나 즐거웠는지 아십니까? 당신이 내게 보내 준 소식들은 현실적이고 명확해서 아주 좋았습니다. 나는 그것을 생각하면 생각할수록 실제보다 더 좋게 느껴집니다. 원래는 이 편지를 크리스마스에 쓰려고 했으나, 이번 겨울 내내 집 안에만 있었기 때문에 예부터 전해 내려오는 축제의 시기인지도 몰랐습니다. 그래서 당장 급한 일을 처리할 시간적 여유조차 없었습니다. 편지를 쓸 시간 또한 없었지요.
 그러나 이 축제 기간에 나는 당신을 자주 생각하면서 당신이 텅 빈 산속의 쓸쓸한 요새에서 얼마나 고요하게 살고 있는지를 상상해 봤습니다. 산을 송두리째 삼켜 버리려는 듯 산 위로 남풍이 불어 대고 있지는 않습니까? 그런 소리와 움직임 속의 정적이라면 틀림없이 이루 표현할 수 없는 고요일 것입니다. 먼 바다와 원시의 소리가 함께 어우러져 있다면, 당신을 참을성 있게 신뢰할 수 있도록 그 큰 고독이 당신 자신에게 머물도록 내버려 두라는 뜻입니다. 이제는 당신의 삶으로부터 그 고독을 쫓아낼 수도 없으며, 고독은 당신이 체험하고 행동하는 모든 것에서 숨은 영향력으로, 조용하지만 결정적인 작용을 계속하게 될

것입니다. 마치 우리 내부에서 조상들의 피가 끊임없이 움직이며 우리 자신의 피와 섞여 유일하고도 반복할 수 없는 것으로 어우러지듯 말입니다.

그렇습니다. 당신이 그 굳세고도 명확한 존재와 이름을, 제복을, 직무를 파악할 수 있는 모든 것과 제약을 받고 있는 것들을 몸에 지니고 있어 기쁩니다. 그것은 얼마 안 되는 고독한 병사들만 모여 있는 그런 상황에서는 진지하고 필연적인 것으로 받아들여집니다. 군인 직분을 뛰어넘어 보다 주의 깊은 응용과 독립적인 관심을 갖도록 할 뿐만 아니라, 바로 그렇게 되도록 길들여 줍니다. 그리고 우리에게 어떤 일이 일어나도록 하고, 위대하고 자연스러운 사물과 함께하는 것이 무엇보다 필요합니다.

예술도 역시 삶의 한 방법이고, 살다 보면 자신도 모르는 사이에 그 예술에 대해 마음의 준비를 할 수 있게 됩니다. 현실 속에 있는 것이, 비현실적이고 반예술적인 직업에 종사하는 것보다는 예술에 더 가깝습니다. 그런 직업이란 예술에 가까운 척하지만, 실제로는 모든 예술의 존재를 부정하고 공격하는 것입니다. 전체 저널리즘이나 모든 비평이 그렇듯이, 문학과 문학에 가까운 4분의 3이 모두 그러합니다. 한마디로 당신은 그런 곳에 빠질 위험을 이미 극복했고, 거친 현실 속에서 고독하고 용기 있게 살고 있으니 즐겁습니다. 앞으로 다가올 한 해가 그런 의미에서 당신을 지켜 주고 힘 있게 해 주었으면 합니다.

   당신과 항상 함께 있는
   라이너 마리아 릴케

제2장 아름다운 여인들에게 보내는 편지

한 젊은 아가씨에게
(베를린 출신의 여류 문인 에미 히르시베르크에게)

1904년 11월 20일

  일에 파묻혀 지내다 이제야 겨우 일을 끝내고 아가씨에게 몇 마디 답장을 하게 되었습니다. 불쾌했다면 용서하십시오. 아가씨는 많은 시간을 들여 아름다운 얘기를 많이 써 보내셨지요.
  내게 아가씨의 편지는 참으로 많은 소식을 전해 준 반가운 편지였습니다. 저는 지금부터 그것에 관해서만 말하려 합니다. 아가씨에 대해 알면 알수록 즐거웠으며, 때때로 아가씨의 모습을 상상하면서 이런 소원을 말하게 된 것이 기쁘기만 합니다. 아무

쪼록 아가씨에게 삶이 열리기를 바랍니다. 문이 하나씩 열리듯 그 속에서 당신이 삶을 신뢰할 수 있는 능력을 찾아내기를 바랍니다. 그리고 삶 가운데서도 어려움을 믿어 보세요.

나는 항상 젊은이들에게 이것만은 말하고 싶었습니다. 지금까지 내가 틀림없다고 확신하는 것은, 우리는 언제나 어려움에 의지해야 한다는 사실입니다. 그 어려운 쪽이 바로 우리 몫이지요. 우리는 삶 속으로 깊이 들어가, 그 삶이 우리 것이 되고 우리 무게가 되도록 만들어야 합니다.

생각해 보세요. 당신의 어린 시절은 설명할 길 없는 여러 가지 관계 때문에 어렵지 않았는지요? 당신의 소녀 시절은? 당신의 어린 시절은 길고 무거운 머리카락처럼, 머리를 큰 슬픔의 바다에 잠기게 하지는 않았던가요? 나는 당신이 당연히 그랬을 거라고 생각합니다. 보통 삶이 갑자기 쉬워지고 가벼워지고 즐거워졌다면, 그것은 벌써 그 사람들에게 있어 진지한 삶의 현실성과 독자성을 느낄 수 있는 힘이 끝났기 때문입니다. 그것은 삶의 의미로 봐서는 결코 발전이라고 할 수 없으며, 삶의 모든 가능성으로부터의 결별입니다. 우리에게 요구되는 것은 어려움을 사랑하고, 그것과 친해지고, 또 배워야 한다는 것입니다. 어려움 속에는 우리를 위해 기꺼이 애써 주는 힘이 있습니다. 우리는 가능한 한 어려움 속에서 친구와 행복, 꿈을 찾아야 합니다. 그들은 깊은 내면에서만 모습을 드러내기 때문에, 우리는 어려울 때 비로소 그들이 얼마나 아름다운지를 알게 되는 것입니다. 어려움을 지닌 어둠 속에서만 우리의 미소는 비로소 의미를 갖게 되며, 그 미소는 꿈같은 불빛으로 빛나다가 일순간 밝아집니다. 그리하여 우리는 우리를 둘러싸고 있는 기적과 보물들을 보게 됩니다. 이것이 내가 충고할 수 있는 전부입니다. 그밖에 내가 알고 있거나 모든 지식을 뛰어넘어 파악한 것은 내시, 당신이 그렇게도 즐겁게 읽었다는 시 속에 있습니다.

나에게 있어 처녀들이나 여인들을 이해하는 것은 아주 자연스러운 일입니다. 창조하는 사람의 가장 깊은 체험은 여성적이며, 받아들임으로써 태어나는 체험이기 때문입니다. 시인 옵스트펠데르(1866~1900. 노르웨이의 시인)는 한 낯선 남자의 얼굴에 대해 이렇게 쓴 적이 있습니다. '마치 한 여인이 그 사람의 내부에 자리 잡고 있는 것 같다.' 저는 그것이 모든 시인에게 해당될 거라는 생각을 가지고 있습니다.

당신은 플로렌스에서 편지를 보냈더군요. 플로렌스는 내 시집인 〈나의 축제〉에 실린 모든 시가 태어나고 쓰인 곳이기도 합니다. 데미도프 광장 구석의 아르노 가 13번지에 평평한 지붕의 집 한 채가 있습니다. 지붕 위에 있는 다락방이 내가 머물던 방이었지요.

그리고 플로렌스 지방은 모두 '내 것'이었습니다. 다락방 밑으로는 플로렌스가 처녀 같은 모습으로 누워 있었지요. 모르긴 해도 언젠가 당신도 그곳을 지난 적이 있을 것입니다.

당신에게 감사하며,
라이너 마리아 릴케

1926년 3월 17일

당신의 편지는 이미 한 달 전에 쓰인 것인데, 이제야 그 편지를 받게 된 것은 내 잘못 때문만은 아닙니다. 그 편지는 파리로 갔다가 다시 내가 늘 있던 주소로 가는 동안 내 뒤를 따라다닌 셈입니다. 사정이야 어쨌든 이제야 겨우 당신의 편지가 내 손에 들어왔습니다.

나는 기꺼이 내 과거에 있었던 몇 가지 일에 대해 말씀드리려 합니다.

내 작품을 읽는 데 도움이 된다고 하니 말입니다. 그러나 어떤 일부터 써야 할까요? 어린 시절과 여행에 관해 먼저 말해야 할 것 같기도 하고, 여러 도시에서의 만남과 사랑에 대한 얘기부터 꺼내야 할 것 같기도 합니다.

당신도 짐작하겠지만, 내가 되풀이되는 초조감과 운명적인 권태감에서 벗어나 단순한 여행이 아니라 그 나라들의 현재와 과거를 생생하게 느끼면서 살아갈 수 있었던 것은 그곳들로부터 많은 영향을 받았기 때문입니다. 나는 여덟 살 때부터 이탈리아를 알고 있었고, 또 그 나라를 좋아했습니다. 이탈리아는 내게 다양한 것들로 가득 찬 우화 같은 나라였습니다. 그러나 결정적인 것은 러시아였습니다. 러시아는 1899년과 1900년 사이에 여행했는데, 내게 무엇과도 비교할 수 없는 세계를 열어 주었을 뿐만 아니라, 그 나라가 가진 인간적인 환경은 나로 하여금 다른 사람과의 사이에서 형제애 같은 감정을 느끼도록 해 주었습니다. 외아들이었던 나는 부모님께 받은 영향 때문에, 그때까지만 해도 인간과 인간 사이의 참된 교류는 전혀 알지 못했습니다. 당신도 내 책에서 읽었겠지만, 러시아는 내 체험과 감수성의 기본 요소가 되었습니다. 1902년 이후부터는 파리가 내 창작 의지의 기초가 되어 주었듯이 말입니다.

파리에서는 위대한 로댕의 영향 아래, 화가나 조각가처럼 자연을 앞에 두고 자연을 이해하며 자연을 모방하면서 창조하는 법을 배웠지요. 로댕은 나로 하여금 서정적인 값싼 감정에서 빠져나오게 해 준 것입니다. 그런 엄격한 훈련 과정에서 얻은 최초의 체험이 바로 〈표범〉이라는 시였습니다. 그래서 나는 1902년부터 파리에 거주했지만, 그렇다고 해서 다른 나라를 여행하지 않은 것은 아닙니다. 틈이 날 때마다 이탈리아와 스칸디나비아(덴마크, 스웨덴)에서 몇 달씩 머물렀고, 프랑스 식민지인 알제리와 튀니지, 이집트를 여행하기도 했습니다. 그러나 내게 가장 뜻 깊은 여행지는 역시 러시아와 파리였습니다. 스페인 여행도 좋았는데, 톨레도를 지나 1912년 겨울은 스페인에서 지냈습니다. 이런 다양한 체험들을 글로 최초로 묶은 것이 〈오르페우스에게 드리는 소네트〉이며, 가장 어렵다는 〈두이노의 비가〉입니다. 〈두이노의 비가〉는 1912년부터 쓰기 시작했으나, 전쟁 때문에 오랫동안 중단한 작품이기도 합니다.

  이 짧은 편지에 더 이상의 글을 쓰지는 못할 것 같습니다. 이 편지가 비록 간단하기는 하지만, 당신의 흥미를 어느 정도는 만족시켰으리라 생각합니다.

  라이너 마리아 릴케

루 안드레아스 살로메에게

1903년 8월 8일, 브레멘 근교의 오버노이란트에서

내가 처음으로 뫼동에 위치한 로댕의 집에 찾아가 아침 식사를 할 때의 일입니다. 나는 그날 아침 낯모르는 사람들과 자리를 함께했습니다. 그때 나는 알게 되었죠. 그가 살고 있는 그 집은 그분에게 너무나 어울리지 않는다는 사실을 말입니다. 그건 집이라기보다는 겨우 비나 이슬을 피할 만한 초라한 헛간이었습니다. 그런데도 그분은 집에 대해 아무런 근심 걱정도 하지 않고 지내는 듯 보였으며, 고독과 정신 집중에도 하등 지장이 없다는 사실도 알게 되었습니다. 그분은 집의 아늑함과 고요함을 가슴 깊이 간직하고 계셨으며, 오히려 그것을 뛰어넘어 그분 자신이 바로 하늘이었고, 주위의 숲을 끊임없이 흐르는 강물이 되었습니다. 오, 그 노인은 얼마나 고목처럼 고독한 분입니까! 노인은 완전히 자신 속에 가라앉아 가을날의 고목처럼 서 계셨습니다. 그분은 자신의 가슴에 깊고 깊은 고독을 가지고 계십니다. 그분의 심장이 맥박 치는 소리는 먼 산맥의 중심부에서 들려오는 듯합니다.

그분의 사상은 그 안에서 거닐고 있으면서 무게와 감미로움이 넘쳐흐르며, 피상적인 것에는 빠지지 않고 있습니다. 그분은

이제 사소한 일에 대해서는 무디고 딱딱해져 늙은 껍데기로 둘러싸인 듯 사람들 속에 의연하게 서 계십니다. 그러나 중요한 것에 대해서는 자신을 활짝 열어젖히고 사물과 동물, 인간이 마치 그분의 것인 양 조용하게 두드리면 그분은 언제나 마음을 활짝 열어 놓습니다. 또한 그분은 아름다움을 배우는 분이고, 모든 것을 올바르게 보고 계십니다.

잠자는 사람들에게 아름다움은 언제나 그냥 스쳐 지나갑니다. 방심하거나 의식이 없는 사람들도 마찬가지입니다. 하지만 그분은 아무것도 놓치지 않는 주의력을 가졌으며, 항상 받아들이고 사랑하며 시간을 재거나 다음 것을 바랄 생각은 하지 않는, 인내심이 강한 분입니다. 그에게는 언제나 그가 바라보는 것과 그 바라보는 것으로 하여 생긴 모든 것이 주위에 있을 뿐이며, 그것이 바로 모든 것이 이루어지고 있는 세계입니다. 만일 그분이 손 하나를 조각하면 그 손만이 공간 속에 존재할 뿐이며, 그 손 외에는 아무것도 없습니다. 하느님은 6일 동안 손 하나만을 만드셨고, 그 손 주위에 물을 부었으며, 거기에 하늘을 두르셨습니다. 그리고 그런 일이 모두 끝나자 그 위에서 쉬셨지요. 그것은 바로 영광이며 하나의 손이었습니다.

그런 식으로 바라보며 살아간다는 것은, 그분이 일꾼으로서 그것을 얻을 수 있었기에 확고해진 것입니다. 그분이 자기 예술의 비물질적이면서도 소박한 요소를 얻었을 때 공정성이나 어떤 명목으로도 동요되지 않는 이 세계에 대한 균형을 찾아낸 것입니다. 그분에게는 모든 것 안에서 사물의 본질을 볼 수 있는 능력이 있었기 때문에 사물을 만들 가능성을 얻은 것입니다. 그것이 바로 그분의 위대한 예술의 본질입니다. 이제 어떤 움직임도 그를 혼란시키지 못합니다.

그분은 평면의 고요한 굴곡에도 움직임이 있다는 것을 알고 있기 때문에, 평면만을 보면서도 정확하고 분명한 평면의 체계를 알고 있습니다. 그의 앞에 있는 어떤 사물도 그에게 불확실한 것은 없습니다. 공간에는 수천 개의 작은 요소가 배열되어 있어, 예술 작품을 창조할 때는 그 사물들을 보다 진지하고 확고하게 수천 배 넓은 공간에 배열하여 어떤 사람이 잡아 흔들어도 아무런 동요가 없도록 하는 것이 그분의 사명입니다. 사물은 미리 규정되어 있지만, 예술 작품은 보다 확고하게 규정되어 모든 우연과 불투명에서 벗어나 시간을 초월한 공간에 배열하고 영원에 닿도록 해야 합니다. 모델은 겉모습뿐이지만 예술 작품은 실재하는 것입니다. 따라서 예술 작품은 모델을 초월한 발전이며, 자연의 모든 것으로부터 솟아나 존재하려는 소망의 조용하고 끈질긴 실현입니다. 그렇게 되어 예술을 자기 멋과 허영심에 가득 찬 작업으로 취급하려는 잘못이 사라집니다. 예술이야말로 가장 겸손한 봉사이며, 완전한 법칙에 의해 운영되는 것입니다. 그러나 모든 창조자와 예술은 잘못으로 가득 차 있으므로, 힘 있는 사람이 그 잘못에 대항해 분연히 일어서야 합니다. 창조하는 사람은 말을 하기보다는 사물에 대해 일을 해야 합니다. 그분의 예술은 처음부터 현실화였습니다. 그러나 일상생활은 가볍게 흘러가 버리는 모습으로 변해 더욱 비현실화하는 음악의 경우와는 오히려 달랐습니다.

천하고 가난한 가정에서 태어난 로댕, 그분은 어느 누구보다도 잘 알고 있습니다. 인간과 동물과 사물이 지닌 모든 아름다움은 시간에 의해 위협받고 있다는 사실을 말입니다. 이는 시간은 순간이며, 젊음이란 왔다가 바로 사라져 버린다는 뜻입니다. 그분을 불안하게 만든 것은 그가 필연적이고 훌륭하게 여기는 것들의 외형이었습니다. 즉 아름다운 외형이었습니다. 그분은 아름다움이 존재하기를 항상 바랐으며, 사물을 조용하고 영원한 세계 속에 배열하는 것을 자신의 사명으로 여겼습니다. 사물은 모두 영원하기 때문입니다. 그리고 그분은 무의식적으로 자신의 작품에 모든 순리의 법칙을 적용시킴으로써, 작품이 유기적으로 발전하고 생명력을 갖도록 했습니다.

이미 오래전부터 그분은 '외형을 목표로 해서' 만들지 않으려 애썼습니다. 그분에게는 후회라는 것이 없었고, 오직 형성되어 가는 것에 대한 친근감이 있을 뿐입니다. 오늘날에는 그분의 그런 특성이 마음속에서 너무 강렬해져, 이제는 사물의 외형이 그분과는 무관해졌다고 해야 옳을 정도입니다. 이렇게 해서 그분은 사물의 존재와 현실, 불확실성으로부터의 해방과 완성, 그리고 그들의 독자성을 체험했던 것입니다. 사물은 지상에 서 있는 것이 아니라 지상을 회전하고 있습니다. 그분의 위대한 작품은 손으로 이루어졌으며, 언제나 보다 좋은 예술 작품을 만들겠다는 겸손한 소망에서 만들어졌습니다. 오늘날에도 그분은 어떤 의도나 소재에 구애됨 없이 가장 순수하고 소박한, 사람으로 상징된 사물 속에 서 계십니다.

위대한 사상이나 숭고한 영감은 선한 것 또는 완성된 것에서 이루어지듯 그분에게 다가왔습니다. 그러나 그러한 사상은 그분이 불러서 온 것은 결코 아닙니다. 그분이 그것을 원한 것은 아니었으며, 다만 묵묵히 자신의 길을 걸어가면서 대지를 만들고 수백 개의 떠돌이별을 만들어 냈습니다. 하나하나의 음성은 살아 있으며, 별이 총총한 밤하늘을 바라보고 있습니다. 무엇이든 꾸미지 않는다는 점이 그 작품에 대해 마음을 감동시키는 솔직함과 순수성을 갖게 합니다. 그분은 무수한 형상들이 서로 연결되지 못해 아직 구상에 불과할 때면 절대로 그것을 만들지 않았습니다. 구상은 많은 것 중 하나에 불과하지만, 형상은 그와 다르며 전부이기 때문입니다. 그분은 한꺼번에 많은 작품을 만들었습니다. 그리고 나서야 비로소 새로운 것을 하나 만들거나, 그들에게서 새로운 것이 하나 자라나도록 했습니다. 그렇게 해서 관계는 더욱 밀접해지고 법칙에 맞도록 된 것입니다. 그럴 수밖에 없는 것이, 관념에서 그렇게 된 게 아니라 사물들이 서로 맺어졌기 때문입니다. 그리고 이 작품들은 그것을 만든 작가에 의해서만 이루어질 수 있으며, 영감이 부정될 수 있습니다. 영감은 작가 위로 그냥 떨어지는 것이 아닙니다. 영감은 밤낮으로 그의 내부에 존재하고, 직감에 의해 이루어지며, 그의 손 움직임 하나하나에 의해 만들어진 따뜻함이기 때문입니다.

그분을 둘러싸고 있는 사물이 자라날수록 그분에게 미치는 방해물은 빠른 속도로 사라져 갔습니다. 그분을 에워싸고 있는 현실로부터 모든 소리가 차단되었기 때문입니다. 그의 작품들이 그분을 보호해 준 것입니다. 그분은 숲 속에 사는 것처럼 자신의 작품 속에서 살았습니다. 그리고 그분 자신이 마음에 심은 나무들이 이제는 거대한 삼림이 되었기에, 그분의 삶 또한 오랫동안 지속될 것입니다.

자신과 함께 살아가고 있는 사물 속을 거닐고, 날마다 그것들을 들여다보며, 날이 갈수록 완성되어 가는 사물 속에서 살 것입니다. 그의 집과 모든 소리는 하찮은 것이 되고, 꿈속에서처럼 그 집을 바라보면서 희미한 추억으로 가득 차게 됩니다. 생활과 함께 살아가는 사람들은 빠져나올 수 없는 텅 빈 동굴 속에 있듯 그곳에 그냥 존재하고 있습니다. 그러나 그것 자체는 슬플 것이 하나도 없습니다. 두 갈래로 갈라지지 않으려는 큰 강줄기의 웅대한 물소리를 그것과 함께 듣고 있기 때문입니다.

루여! 나는 꼭 그래야 한다고 믿고 싶습니다. 루여, 성공한 내 시에는 내가 느끼는 어떤 관계나 애정 이상으로 현실적인 것이 있습니다. 창조할 때 나는 진실합니다. 그리고 나는 내 삶의 기초를 단순하고 소박한 기쁨 위에 무한히 두고 싶습니다. 로댕에게 갔을 때 나는 이미 그것을 찾아냈습니다. 수년 전부터 그분의 작품에서 무한한 본보기를 예감으로 찾아냈기 때문입니다.

이제 그분에게서 떠나온 지금, 나는 내 작품의 완성만을 요구할 때가 되었습니다. 거기에 내 집이 있고, 나에게 진정으로 다정한 모습들과 내게 필요한 여자들이 있고, 그곳에서 자라나고 오랫동안 살게 될 아이들이 있기 때문입니다. 그러나 그 길은 어디서부터 시작되어야 할까요? 내 예술의 작업장은 어디이며, 가치 있는 인간이 되기 위해 시작해야 할 가장 심오하고도 보잘 것없는 장소는 어디일까요? 나는 그런 출발점에 이르기까지 뒷걸음질 칠 것이며, 내가 이룩한 모든 것은 아무것도 아닙니다. 손님들이 다녀간 문지방을 비로 청소하는 일보다 더 보잘것없는 것이 되어야 합니다. 나는 내 가슴속에 수백 년을 기다릴 만한 참을성을 가지고 내 짧은 시간을 영원한 듯 살겠습니다. 정신이 산만하지 않도록 집중하겠으며, 성급하게 무엇을 활용하기보다는 내 것을 다시 불러와 그것들을 저축하겠습니다. 그러나 지금 나는 내게 호의를 가진 목소리와 내게 다가오는 발걸음 소리, 그리고 내 문들이 열리는 소리를 듣고 있습니다. 내가 사람들을 찾는다 할지라도 그들은 나에게 조언을 할 수 없으며, 내 뜻을 이해하지도 못할 것입니다.

책 또한 마찬가지입니다. 그들도 너무 인간적이어서 나를 도와주지는 못합니다. 사물들만이 내게 말을 걸어옵니다. 로댕의 사물들, 고딕식 대성당의 사물들, 완전한 사물들만이 그렇습니다. 이런 사물들은 내게 본보기를 보여 주고, 생명력 있는 움직이는 세계를 보여 주고, 사물을 소박하게 보도록 가르쳐 줍니다. 나는 새로운 것을 보기 시작합니다. 꽃 속에는 이미 많은 것이 존재하고, 동물로부터는 이상스러운 충동이 내게 전달됩니다. 나는 인간에게서도 많은 것을 경험하며, 이 모든 것을 큰 정직함을 가지고 조용히 관망하고 있습니다.

물론, 나는 아직 수련이 부족합니다. 오래전부터 갈망하던 일할 수 있는 능력과 일을 해야 한다는 사명감 역시 부족합니다. 내 힘이 부족한 걸까요? 내 의지가 병든 걸까요? 모든 활동을 방해하는 꿈이 내 안에 들어 있는 걸까요? 여전히 세월은 흐르고 있으며, 나는 때때로 삶이 지나가는 소리를 듣습니다. 그런데도 나는 아직 아무것도 이루지 못했으며, 내 주변에는 실제적인 것은 하나도 없습니다. 여전히 분열되어 있으며 산만합니다. 그러나 나는 하나의 동굴 속으로 들어가고 싶기도 하고 위대해지고도 싶습니다.

루여! 그래야 하지 않을까요? 우리는 큰 강처럼 되어 운하로 흘러가며 버드나무 숲으로 흘러가기를 바라고 있지 않습니까? 그렇지 않은가요? 우리는 한군데로 합쳐져 소리를 내며 흘러가야 하지 않을까요? 모르긴 해도 우리가 아주 늦게 되면, 언젠가 종말에 가서는 넓게 퍼져서 삼각주로 흘러가는 것을 포기하게 되지나 않을는지……. 사랑하는 루여!

라이너 마리아 릴케

1904년 1월 15일, 로마에서

루, 지난번 당신이 보낸 편지의 날짜를 내 편지 위쪽에 써서 보냅니다. 그 편지의 날짜는 1903년 11월 9일이더군요. 당신이 보내 주는 편지가 혹 분실되지는 않았는지 궁금하기 때문입니다. 이탈리아의 우편 사정은 그리 좋은 편이 아닙니다.

지금 나는 작지만 정원이 있는 집에서 살고 있답니다. 온갖 불안이 지나간 뒤에 이제 정원에는 처음으로 조용한 평화가 찾아왔습니다. 모든 것이 각자 제자리에 놓여서 숨을 쉬고 살아가면서 세월 속에 팽개쳐져 있습니다. 비가 많이 내리던 바깥 날씨도 이제는 따뜻한 봄날 오후가 되었습니다. 비록 내일이면 이 고요가 끝날지 몰라도, 지금은 마치 영원토록 그렇게 계속되어 온 듯한 봄날입니다. 가벼운 미풍이 불고 모든 나뭇잎이 그 미풍에 흔들립니다. 너도밤나무 숲에 반짝이는 월계수 잎과 눈에 보이지도 않는 다양한 나뭇잎들, 그리고 이제 겨우 맺히기 시작한 붉은 꽃망울들은 의연하게 나 있으며, 평화로운 정원에서 피어나는 맑은 수선화 꽃잎에서는 향내가 진동을 합니다.

아까 나는 지붕 위의 빗물을 쓸어 낸 후 시든 나뭇잎들을 치워 버렸습니다. 일을 하고 나니 온몸이 따뜻해져 몸속에서는 피가 소리를 내는 듯합니다. 실로 오랜만에 맛보는 자유이며, 즐거운 순간입니다. 당신이 내게로 다가올 때와 같은 그런 기분입니다. 그러나 이런 행복한 순간도 오래지 않아 다시 사라질 것입니다. 먼 산 뒤에는 또다시 내 지붕 위를 뒤덮을 비가 내리는 밤과, 내 길을 먹구름으로 덮을 바람이라도 숨어 있는지 누가

알겠습니까.

  그러나 이런 시간에 당신에게 편지라도 쓰지 않으면, 도저히 참을 수 없을 것 같습니다. 당신에게 편지를 쓸 수 있는 마음이 평정하고 맑으며, 당신을 가까이에 느끼는 이런 고독한 순간을 나는 절대로 놓치고 싶지 않습니다. 당신에게 들려주고 싶은 말이 너무나도 많기 때문입니다.

  지난해 봄에는 파리에서 고대 미술품 전시회가 열렸습니다. 보스코렐 근처에 있는 별장에서 발견된 벽화 전시회였죠. 아주 망가지기 전에 조각을 맞춰서라도 많은 사람에게 다시 한 번 보여 주려고 했던 것입니다. 그런 고대 미술품은 난생처음 보았습니다. 그 이후로 이곳에서 그보다 더 아름다운 그림을 본 적이 없었으니까요. 비록 나폴리에 간다 해도 그보다 더 좋은 그림은 없을 것입니다. 그것은 위대한 화가들이 살던 아주 오래된 시대의 그림들이었습니다.

  깨지고 망가진 그림 중 하나는 온전하게 남아 있었습니다. 굉장히 크고 인상적인 그림이었는데 약간 이상했습니다. 그림에는 어떤 부인의 모습이 그려져 있었는데, 그 부인은 조용히 앉아 진지한 얼굴로 한 남자의 얘기를 듣고 있었습니다. 남자는 차분하고 어두운 음색으로 자기 자신과 그녀에게 얘기를 하고 있는 듯한 모습이었습니다. 그 목소리에는 지나간 운명이 어두워지는 언덕처럼 반영되고 있을 것입니다. 지금도 생생하게 기억이 나는데, 그 남자는 두 손을 지팡이 위에 올려놓고 있었습니다. 수많은 나라를 함께 지나온 지팡이와 서로 의지하고 있는 셈입니다. 그가 얘기를 하고 있는 동안 지팡이는 휴식을 취하고 있는 것입니다. 주인이 얘기를 시작하면 개는 옆에서 잠을 자듯 말입니다. 그 개는 주인의 얘기가 오랫동안 계속되리라는 것을 알고 있기 때문이죠. 그 남자가 자신의 얘기 속에 파묻혀 있는 건지 혹은 아직도 얘기할 추억거리가 많이 남아 있는지 모르겠지만, 그림을 쳐다보면 금방 알 수 있습니다. 그 남자는 방금 어딘가에서 돌아왔고, 조용하고 우아한 그 여인을 찾아 길을 떠나온 사람이지만, 고향을 지켜 온 그 여인에게는 분명 낯선 사람입니다. 그의 모습에는 뒤로 물러서려고 애를 써도 파도에 밀려 앞으로 나아가야 하는 듯한 동작이 엿보입니다. 그의 조급한 마음 때문에 일생을 방랑으로 보냈으면서도 아직 그런 조급함에서 탈피하지 못했음이 하나의 풍경으로 전개되어 있었습니다. 내리는 눈송이가 무한한 넓이로 퍼지면서 과거를 받아들이면서도 영원을 향해 있듯이, 전체 풍경은 그러한 부인의 삶을 설명해 주고 있었습니다.

그 위대하고도 단순한 그림은 나를 금방 사로잡았습니다. 나는 그 그림이 얼마나 훌륭한 작품인지 아직도 단언할 수는 없습니다. 비록 단 두 사람의 모습만 그려진 그림이지만, 그 모습은 그 자체만으로 가득함과 필연으로 연결되어 있기 때문입니다. 나는 첫눈에 그 그림의 의미를 알아보았습니다. 고통스럽고 혼란에 찬 인상만이 내 영혼을 뒤덮었던 파리 시절을 떠오르게 하는 그 아름다운 그림과 거기에 표현된 동작들은 내게 어떤 결정적인 계기가 되었던 것입니다. 그리하여 나와 가까운 것으로부터 떠나서 영원을 바라보아도 될 것 같은 기분이 들었습니다. 그 광경은 나를 감동시켰으며, 결코 나를 놔주지 않았습니다.

그때서야 당신에게 편지를 써야겠다는 용기가 생겼습니다. 아무리 잘못되고 헝클어진 길이라도 결국은 성숙과 평온 속에 사는 그런 여인에게 돌아감으로써 어떤 의미를 얻을 수 있을 것 같았기 때문입니다. 그 여인은 위대하며 여름밤처럼 온갖 소리를 들을 수 있습니다. 아무리 낮은 소리라도 놓치지 않습니다. 놀라게 하려고 부르는 소리, 종소리…….

어쩌면 나는 잃어버린 당신의 아이인지도 모릅니다. 나는 벌써 오랫동안 얘기꾼 노릇도 못했고, 내 길을 제시하는 선지자나 자기의 운명을 개척해 나가는 사람도 되지 못했습니다. 당신이 듣고 있는 것은 오직 내 발소리뿐입니다. 나는 그 발걸음의 정체가 무엇인지, 그게 누구를 향해 다가가는지도 모르고 있습니다. 내 얘기만이 커다란 강물이 되어 언젠가는 당신의 내부로,

당신의 귓속으로, 당신의 깊은 정적 속으로 흘러 들어가게 될 것입니다. 그것이 바로 나의 기도요, 소망입니다. 불안할 때나 동경에 몸을 떨거나 기쁠 때, 무엇이든 감싸주고 얘기를 들어줄 수 있는 시간이면 언제나 소망하는 나의 기도입니다.

내 삶이 지금은 비록 보잘것없이 잡초만 무성한 들판이라 해도, 내가 그것을 당신께 얘기할 수만 있다면 그것은 이루어질 것이며, 결국 소망대로 될 것입니다.

당신의 라이너 마리아 릴케

1911년 12월 28일, 두이노 성에서

사랑하는 루!

당신이 내 편지를 간절히 기다리고 있다는 상상을 해도 좋을까요? 만일 그렇지 않다면 당신은 여섯 페이지나 되는 이 긴 편지에 대해 답장을 써서는 안 될 것입니다. 게다가 나는 절대로 이것보다 짧은 답장은 받을 수 없습니다. 이맘때면 늘 그렇듯이 당신은 집에서 쉬고 있겠군요. 그러니 이렇듯 긴 편지를 보내도 괜찮겠지요?

가을에 나는 게프자아텔 씨를 통해 당신 소식을 들었습니다. 그러나 당신도 짐작하겠지만, 그 사람은 늘 그렇듯이 전체적인 근황은 알려 주지 않았습니다. 그 사람은 의사가 진찰할 때 쓰는 거울 같은 사람입니다. 그 사람에게서는 도저히 전체를 알아낼 재간이 없습니다. 그러나 나는 당신이 잘 지내고 있다는 것도, 당신의 근황이 내가 짐작하는 것과 일치한다는 것도 알게 되었습니다.

당신도 알겠지만, 나는 언제나 서둘러 나에게로 되돌아갑니다. 당신도 자기 자신에게로 돌아가 당신 자신을 찾아보고 싶지 않으십니까? 이런 화제는 당신께도 흥미가 있을 것 같군요. 만일 당신에게로 되돌아가고 싶거든 제발 그렇게 하세요. 비록 잘 안 되더라도 힘껏 도와드리겠습니다. 그리고 그럴 만한 발판도 있습니다.《말테의 수기》가 바로 그것입니다.

당신도 알다시피, 나는 내 책에 대해 다른 사람에게서 어떤 평가도 듣고 싶지 않습니다. 그러나 이번만은 사정이 다르군요. 당신이 그 책에서 어떤 인상을 받았는지 꼭 알고 싶으니까요. 물론 마음씨 좋은 앨런 케이는 나와 말테를 같은 인물로 취급해 두 인물을 혼동하고 있습니다. 그러나 당신이 아니고서는 그 누구도 그것을 확연하게 구분하거나 증명할 수 없습니다. 말테와 내가 정말 닮았는지, 아니면 성질이 전혀 다른 사람인지, 내 분신인 말테가 나의 몰락을 구제하기 위해 자신이 스스로 몰락한 것은 아닌지, 그렇지 않다면 나는 이 수기로 하여 급류에 휩쓸린 것은 아닌지……. 당신은 이 모든 의문을 이해할 수 있을까요?

  나는 이 책을 쓰고도 살아남기는 했지만, 이제는 아무 일도 못 하고 있는 형편입니다. 나는 그 책을 쓰면서 이런 느낌이 강하게 들었습니다. 이 책은 말로는 설명할 수 없는 책이 될 것이다. 그리고 내가 늘 얘기하던 분수령이 될 거라는 느낌 말입니다. 그런데 이제 모든 물은 전에 흐르던 쪽으로 다시 흘러가 버렸고, 나는 또다시 메마른 강바닥으로 빠져들게 되었습니다. 그렇게 되지 않을 수 없었습니다. 그런데 다른 쪽의 몰락한 사람은 어찌 되었을까요? 그 사람은 나를 이용할 대로 이용했고, 내 생명이 가지고 있는 모든 힘과 사물을 빼앗아 그의 몰락을 위해 남김없이 소비해 버렸습니다. 그의 마음속에서 없어진 것은 아무것도 없습니다. 그는 자기가 가지고 있는 것은 고스란히 지키면서 손해 본 것은 아무것도 없습니다. 그는 자신의 절망을 지키기 위해 모든 것을 자기 것으로 만들어 버린 것입니다. 그런데 나는 이제 그가 파헤쳐 놓은 함정을 발견했습니다. 그런데도 그 책은 불을 댕기듯 써야만 했습니다. 그리고 그것이 끝나는 순간에 나는 멀리 달아나야 했을 것입니다. 그러나 그러기에는 내 재산에 강한 애착이 느껴졌고, 빈곤을 참을 수도 없었습니다. 쓸데없는 허영심으로 인해 벌써 잃어버린 것에 전 재산을 투자했던 것입니다. 그러나 그 재산의 가치는 그런 손실 속에서만 눈에 띄게 될 것입니다. 그러므로 말테는 결코 몰락한 것이 아니라 외진 하늘로 승천한 것 같은 기분이 듭니다. 그것은 거의 2년이란 세월이 걸렸습니다. 그동안 내가 얼마나 괴로워했으며, 숱한 잘못을 저질렀는지 당신은 알고 있을 것입니다. 처음에는 내게도 참을성이 있다고 생각했습니다. 엉킨 것을 풀고 구멍 난 것을 메우려고 얼마나 애를 썼는지 당신은 알까요? 그러나 결과적으로는 숱한 오류와 엉뚱한 경험만을 한 셈입니다.

사랑하는 루여!

내가 사람들을 필요로 해서 기다리다 돌아보면, 나는 언제나 형편이 더욱 나빠집니다. 슬픔 속으로 점점 더 빠져들 뿐이고 죄를 짓게 됩니다. 내가 그들을 위해 노력하지 않고 있으며, 그들을 보살필 능력이 없다는 사실을 그들은 모르고 있습니다. 《말테의 수기》를 쓰고 난 후, 나는 나를 위해 옆에 있어 줄 누군가를 기다리고 있습니다. 그런데 그것이 뭔가 나쁜 징조인 것 같습니다. 지금은 누구에게라도 도움을 받아서 내 고독을 좀 더 가볍게 하고 싶은 생각을 떨쳐 낼 수 없습니다. 그렇게 해 봐야 아무 소용도 없다는 것을 당신도 알고 있을 것입니다. 부끄럽지만 나는 파리 시절을 떠올려 봅니다. 그때만 해도 나는 무엇을 기대하지도 않았고, 사람을 기다리지도 않았습니다. 온 세계가 내게는 오직 내가 해내야 할 과제로만 여겨졌으며, 나는 맑은 정신으로 순수하게 일만 하면서 거기에 보답하려 노력했습니다. 누가 감히 말할 수 있었겠습니까! 내게 그런 병이 재발하리라고 말입니다. 그런데 이제는 아침에 깨어나면 등골이 오싹하고, 무엇인가 나를 흔들어 주는 손이라도 꽉 붙잡고 싶습니다. 어떻게 내게 이런 일이 생길 수 있을까요? 나는 이제 마음의 준비도 갖추고 표현할 재간도 있는데 어찌하여 부르는 소리가 들려오지 않을까요? 나는 지금 내가 무슨 일을 해야 할지도 모르겠습니다.

이 글을 읽으면 당신은 뭐라고 말할까요? 당신은 이미 내가 그럴 거라고 예견이라도 했습니까? 당신이 지난번에 보내 준 편지의 구절이 떠오릅니다. 당신은 '그대로 계속하세요'라고 썼더군요. 그런데 그렇게 되지가 않을 때는 어떻게 해야 하나요? 아무것도 하지 않고 그냥 주저앉아 있으면서도 더는 악화되지 않을 방법이 없을까요?

예전보다는 의사 생각을 훨씬 덜 하고 있습니다. 의학적 심리분석이 나를 위해서는 근본적인 치료가 될지도, 나를 정리해 주어 어느 날엔가 나는 깨끗하게 정리되어 있을지도 모릅니다. 그러나 그것은 오히려 지금의 무질서보다 더욱 부질없을 것 같기 때문입니다.

그와는 반대로, 때때로 시골 대학에라도 가서 몇 가지라도 꾸준히 계속해 볼까 하는 생각도 가지고 있습니다. 당신은 분명히 웃을 테죠. 당신은 알고 있습니다. 나에게는 새로운 것이 없다는 것을. 그리고 더욱 나쁜 것은, 내 어떤 계획이나 특성은 모두 연령이라는 것과 관계가 있어서 자칫하면 엉망으로 만들지도 모릅니다. 대학으로 가기에는 너무 늦었습니다. 당신은 내가 왜 이런 얘기를 하는지 이해할 수 있을 것입니다. 이런 점이 바로 예술을 무섭게 합니다. 예술에 정진하면 정진할수록 보다 영원한 것, 불가능한 것에 책임을 느끼기 때문입니다.

루여!

다시 이 편지에 고백만을 늘어놓았군요. 이것이 병이 치유되는 징조일까요? 아니면 다른 병이 다시 시작되는 징조일까요? 일주일간이라도 당신 곁에 있으면서 당신의 얘기를 듣고, 또 내 얘기도 들려주고 싶습니다. 그런 지가 벌써 오랜 옛날이 되었습니다. 그럴 수는 없을까요? 우린 만날 수 없을까요? 그건 도저히 불가능한 일일까요?

당신도 이미 알고 있겠지만, 나는 지난겨울에 알제리와 튀니지, 이집트에 다녀왔습니다. 그러나 유감스럽게도 그곳은 내게 별로 어울리지가 않았습니다. 소득이 있었다면 동방 세계와 어느 정도 접했다는 사실뿐이었죠. 나일 강을 달리는 배 위에서는 아랍 인들과 어울리기도 했습니다. 그리고 카이로에 있는 박물관에서는 깊은 감동을 느껴 그 속으로 빠져들기도 했습니다.

현재 나는 손님으로서 이 견고한 고성에 머무르고 있습니다. 지금은 나 혼자뿐입니다. 성은 감옥처럼 사람을 붙잡고 있습니다. 그리고 어수선하던 기분도 다소 나아지는 것 같아 몇 달 간 이곳에 머물 예정입니다. 그다음에는 어떻게 될지 나도 모르겠습니다. 또 알고 싶지도 않습니다.

안녕! 하느님은 알고 계실 겁니다. 당신은 내게 문과 같은 존재였습니다. 나는 그 문을 통해 비로소 넓은 들판으로 나가게 됩니다. 나는 때때로 그곳에 가서 그 당시의 내 성장을 표시해 두었던 문기둥에 서서 내 성장을 재어 봅니다. 앞으로도 계속 그렇게 되도록 나를 도와주고 사랑해 주십시오.

라이너 마리아 릴케

추신 : 당신은 카스너의 마지막 책인 〈인간의 위대성에 대하여〉를 가지고 있습니까? 며칠 전에 당신을 위해 그 책을 주문했습니다. 보내 드릴까요?

리자 하이제 부인에게

1919년 8월 2일, 스위스 그라우븐덴 소리오에서

 부인께서 내게 얼마나 편지를 보내고 싶어 했는지 나는 잘 알고 있습니다. 우선 그 점을 다짐한 후 말하는 것이 부인의 편지에 대한 가장 명확하고 훌륭한 답장이 되리라 여겨집니다. 예술 작품은 변화하거나 개선시킬 수 없습니다. 일단 한번 만들어지면 예술은 인간에 대해 자연과 마찬가지로 대립적이 되며, 분수처럼 자기 자신 속에서 가득 차 자신에게만 전념하게 됩니다. 그러므로 그것에 이름을 붙이라면 무관심이라고 부르겠습니다. 그러나 우리는 이미 알고 있습니다. 인간의 의지에 의해서 절제된 예술과 자연은 결국 인간적인 것으로부터 만들어졌으며, 고통과 기쁨의 절정에서 이루어졌다는 것을 말입니다. 그러므로 예술 작품 속에 나타나는 위안의 보물 창고 열쇠를 가진 고독한 사람만이 그 보물에 대해 권리를 주장할 수 있는 법입니다.
 나는 알고 있습니다. 인생에는 어떤 순간이 있습니다. 그런 순간은 몇 년이고 계속될지 모릅니다. 고독이 어느 정도에 다다르게 되면, 자신도 모르는 사이에 타인과 접촉하고 싶어 하는 시기가 있습니다. 그럴 때는 옆에서 아무리 말을 해 주어도 사람들은 그런 고독이 있다는 것조차 인정하기를 꺼려합니다. 자연은 인간에게 직접 다가올 수 없습니다. 그러므로 비록 보잘것없지만 자연의 일부라도 자신에게로 끌어당기고 싶다면, 인간 쪽에서 그 자연을 해석하고 고백해야 하며, 어느 정도는 인간적인 것으로 변화시킬 능력을 지니고 있어야 합니다. 그러나 진실로 고독한 사람은 그럴 만한 힘조차 없습니다. 그는 단지 자신에게 주어지는 것을 무조건 받아들일 뿐, 자기가 나서서 그것을 이룩하려고 하지는 않습니다. 인간은 기력을 탕진한 후에는 남이 먹여 주는 음식조차 받아먹을 수 없습니다. 그럴 경우에는 그 사람에게 어떤 일이든 생겨야 합니다. 그 사람에 대해서 그리움과 허약함 하나하나를 튼튼하게 변화시키는 일에만 노력하는 어떤 것이 일어나야 합니다. 그렇게 되어도 엄격하게 따지면 변화된 것이란 아무것도 없습니다. 예술 작품에 대해 이해하도록 도와준다는 일은 불가능할지도 모릅니다. 예술 작품은 밖으로 변화하지 않고 내부에 간직하고 있는 인간적인 긴장감입니다. 즉, 예술 작품의 내적 긴장도가 어떤 착각을 불러일으킬 수 있다는 점이 바로 예술이지요. 그런 착각은 그 자체로서 노력이고 요구이며, 구애이고 사랑이며, 격동이고 사명입니다. 인간과 예술 작품 사이의 이와 같은 속임수는 태초로부터 신적(神

的)인 것이 요구되어 온 승려들의 속임수와도 같은 것입니다.

저는 부인에게 이렇듯 지나칠 정도로 상세하게 설명하고 있습니다. 그러나 부인의 편지는 바로 나 자신에게 말하고 있으며, 어떤 수신인의 이름을 붙여도 상관없는 그런 편지가 아닙니다. 나 역시 부인 못지않게 정확히 하고 싶었고, 아무렇게나 해도 좋은 말이 아니라 예술과 인간과의 관계를 말하고 싶었던 탓입니다.

부인이 편지 끝에 아이들 얘기까지 해 주었기 때문에, 저는 부인의 편지에 대해 한층 더 신뢰감을 갖게 되었습니다. 내게도 그런 신뢰감을 받아들일 뜻이 충분히 있다는 것을 얘기하면서 거기에 보답하려고 합니다. 만일 괜찮다면 내게 아이들과 부인 자신에 관한 얘기를 해 주십시오. 그럼으로써 편지 내용이 좀 길어지면 어떻습니까? 나는 구식인지라, 아직도 편지가 가장 아름다운 교제 수단 중 하나라고 생각됩니다. 이런 생각을 가지고 있는 탓에 편지 쓸 것이 너무나 밀려서 도저히 주체할 길이 없습니다. 게다가 어떤 때는 일 때문에 그렇기도 하지만, 전쟁 때처럼 영혼이 메말라서 몇 달씩이나 침묵할 수밖에 없다는 사실도 말씀드려야겠습니다. 그러나 그 대신 인간관계를 인색하게 계산으로 따지는 인간적인 기준이 아닌 자연의 기준으로 다루고 있습니다.

원하신다면 이제부터는 우리 사이에 만남과 약속이 있었던 것으로 하고 싶습니다. 나는 오랫동안 약속을 지키지 못할 경우도 있지만, 부인만 좋다면 언제나 다시 돌아와서 오늘 처음으로 그랬던 것처럼 서로 알고 지냈으면 좋겠습니다.

라이너 마리아 릴케

1919년 8월 30일, 소리오에서

부인에게 우선 한 가지 다짐을 해 두고 싶습니다. 부인께서 그런 편지를 보내 주시는 한 나는 기쁠 뿐이며, 답장의 의무는 느끼지 않아도 좋을 것 같습니다. 그러니 안심하시고 편지를 쓰셔도 됩니다. 그러나 멀리 떨어진 부인께서 내게 알려 주는 부인의 심정이나 경험 등은 도대체 답을 구할 수 없는 영역 밖에 놓여 있습니다. 그런 문제들은 우리의 삶이 갖는 본성으로부터 생기는 의문들입니다. 누가 그 의문에 답할 수 있겠습니까? 행복이나 불행, 혹은 예측할 수 없는 어느 순간의 마음이 느닷없이 그런 대답을 갖고 우리에게 다가올지 모릅니다. 또는 우리 자신도 모르는 사이에 완성되어 가거나 누군가가 우리 눈앞에 그 답을 펼쳐 줄지도 모릅니다. 그 대답은 그 사람 자신의 눈을 가리고 마음의 새로운 면 위에 서 있어서, 본인 자신은 그걸 모르며 오히려 우리가 그것을 일깨워 주게 됩니다. 그러나 당신이 이미 그것을 읽었다고 해도 의문은 여전히 의문으로 남는 것이 아닐까요? 인간적인 체험이나 발언도 결국은 의문이라는 조그만 동산에 올라가서 미해결인 채 그냥 거기에 서 있는 것이 아닐까요? 누구를 향해 서는 걸까요? 바로, 하늘을 향해서입니다.

여성들의 운명, 그것은 가득 채워져 있고 닫혀 있으며, 이미 해답이 있다면 좋겠습니다. 여성의 운명이 아직도 미해결의 문제로 남아 있다면 좋겠습니다. 그러나 여성의 운명이 아직도 미해결의 문제로 남아 있다는 것은 왠지 부자연스럽습니다. 우리 개개인이 자연과 대립해 서 있듯이 남성은 여성의 운명에 대해 대립적으로 서 있다는 사실을 잊지 마세요. 다시 말해 남성은 대단한 능력도 없으면서 잡았다가 다시 버리고, 자연에 대해 외면한 채 도시나 책 속으로 사라져 갑니다. 존재의 중간 지점에 서서 잠에서 깬 자연을 부정하기도 하고, 거부하기도 합니다. 그러다가 결국은 불만이나 실망, 그리고 결정적인 고통이 다시 마음속으로 파고들어 가 우리를 이미 구제할 수 없을 때 그 자연에 몸을 맡기게 됩니다. 그러나 스스로 활동하며 휴식을 취하고 있는 자연은 우리가 그 자연을 버려도 그것조차 알아차리지 못합니다. 조급한 마음에 우리가 자연에서 떨어져 나가더라도, 자연은 여전히 있는 그대로의 우리를 포용해 줍니다. 그러나 자연은 고독한 사람의 고통은 알지 못합니다.

  자연은 완전한 것이기에 고독합니다. 자연은 어떤 상태의 경계선에 있는 것이 아니라 훈훈한 고독의 완성된 중앙에 있습니다. 고독한 여성은 이런 피난처를 가지고 그녀의 본질로 돌아갈 수 있는 동그라미의 중심 속에서 살아야 하지 않을까요? 여성이 자연적인 것에 있어서는 가끔 그런 일이 가능할지도 모릅니다. 그러나 그녀를 구성하고 있는 또 다른 것이 그녀에게 덤벼들기도 합니다. 그렇듯 자연과 인간을 한 몸에 지니게 되어 무한적인 것이 되는 동시에 한계가 되기도 합니다. 한계에 도달하는 것은 그녀가 더 이상 줄 수 없는 탓이며, 그녀의 아낌없는 헌신이 이제는 마음에 부담이 되고, 자유로운 요구가 부족하기 때문입니다. 만일 그런 요구가 넘친다면, 그녀가 아침에 눈을 뜰 때나 아직도 따뜻하게 잠자고 있는 상태라도 아무런 말도 없이 반응할 것이 틀림없습니다. 그렇습니다. 그러므로 그런 여성이 처한 상태란, 대지에는 꽃도 자라지 않고 어린 토끼들은 떠나 버리고 새들은 날아가 버려서 다시는 보금자리로 돌아오지 않는 자연의 상태입니다. 만일 그래도 그 여성이 이런 자연을 고집하고, 거기서 그녀의 권리를 찾아내려 애를 쓰며, 지나친 수

확의 욕심을 부린다면 그녀는 또다시 인간적인 의식에 혼란을 느끼게 됩니다. 그녀가 마련해 준 보호는 믿을 만할까요? 그녀의 헌신은 무한한가요? 혹시 자연이라면 생각지도 않을 어떤 보상을 받으려는 잔꾀가 뒤에 숨어 있는 것은 아닐까요? 그리고 여성이란 대체로 위태롭고 불안한 처지에 놓인 것이 아닌가요? 여성도 인간이므로 어떤 때는 마음의 메마름을 가져오거나 스스로를 비참하게 하거나 달콤한 입김을 썩어 버리게 하고, 눈동자의 맑은 빛을 절망으로 흐리게 하는 병이라도 닥쳐오지 않을까요?

나는 가끔 이런 이중적인 존재인 여성은 남성의 순수한 사랑으로 보충되어야 한다고 생각해 왔습니다. 그런데도 남성은 기껏해야 이루어지지도 않을 사랑의 계획으로 애인의 현실이나 사랑에 참견하고 있습니다. 남성이란 사랑을 구할 때는 스스로를 겨우 이해하기 시작한 소녀에게 자연의 힘을 과도하게 쓰면서도, 일단 구하고 나면 즉시 자기를 능가하는 여인의 인간적인 풍부함을 탓하고 부정하는 사람이 됩니다. 그 점이 바로 남성의 사랑이 가진 비활동성입니다. 남성의 사랑이란 하루 축제의 입김이나 하룻밤의 선물에 불과합니다. 그 사랑은 힘이 없어서 이 선물을 이용하고 그것을 끊임없이 변화시켜 자기 자신에게 침묵의 상태를 만들어 주지도 못하는 것입니다. 그런 침묵의 상태는 사랑하는 사람 사이에 없어서는 안 될 순결을 다시금 회복시켜 줍니다. 그런 순결이 없다면 그들이 함께 있어서는 안 될 것입니다.

여성에 비해 남성의 사랑은 부당합니다. 남성은 사랑의 위대한 실천자라고 떠들면서도 애인은 벌써 음률과 비유를 준비해 놓고 시를 쓰고 있는데, 자기는 아직도 연애학의 기초 교과서에서도 벗어나지 못한 채 전체적인 시를 지을 수 있다고 자부하고 있습니다. 또한 이런 눈먼 사람은 마음속에서도 완성된 길을 한번도 찾아내지 못한 것이 아닐까요?

부인의 저녁 한때를 위해 이것을 말씀드리겠습니다. 이상하지만 우리 같은 사람들이 그토록 그리워하는 저녁은 심오한 깊이를 가진 저녁인지도 모릅니다. 물론 그런 저녁의 위험성을 인정하지 않는 것은 아닙니다. 그런 저녁은 내면적으로 우리를 가장 촉진시키는 저녁이면서도, 우리 마음으로부터 가장 많이 빼앗아 가는 저녁인지도 모릅니다. 거기서 빠져나오자면 창조하는 길 외에는 다른 출구가 없습니다. 얼마나 오랫동안 나는 안으로 또는 밖으로 쓸데없는 일 때문에 그런 밤들을 갖지 못했는지 모릅니다.

그럴 때면 부인의 조용하고 아름다운 옛집이 얼마나 많은 도움이 될 수 있을까 하는 생각이 듭니다. 그리고 내가 보낸 편지한 통으로 부인의 그 넓은 방들이 간직한 기대를 채워 줄 수 있었다고 말해 주어, 고향을 잃은 나에게는 잠시나마 위안이 되었습니다.

라이너 마리아 릴케

1920년 1월 19일, 스위스 로카르노에서

어린 아드님을 데리고 이사할 집은 어느 곳에 구하셨는지요? 나는 가끔 그 일을 생각해 봅니다. 특히 크리스마스에는 그 일이 자주 생각나더군요. 지난번 편지에서 부인은 제자들에 관해 썼지만, 부인께서 무엇을 가르치고 있는지에 대한 암시는 없었습니다. 새집에서 다시금 학습을 시작할 수 있었는지, 성과는 있었는지, 즐거운 기분이었는지……. 이 모든 것이 궁금합니다. 고향이 없는 고통을 겪은 나로서는 부인께서 그 조용한 옛집을 떠나는 일이 얼마나 어려운 일인지 짐작할 수 있습니다. 비록 전쟁 중이라고는 하지만, 내가 만일 그 무서운 여러 해 동안 끈기 있는 보호를 받고 지냈더라면 지금은 무척 다른 모습이었을 것입니다.

부인이 편지를 통해 하신 질문에 대한 얘기인데 어디서부터 시작할까요? 거기서는 다시 '전체'가 문제가 되고 있습니다. 우리는 때로 행복이나 순수한 감격 속에서 더러 그 전체를 파악할 수 있지만, 사실 그 전체는 오류, 과오, 결함, 인간과 인간 사이의 원한, 절망, 그리고 우울 등에 의해 언제나 방해를 받고 있습니다. 그렇습니다. 날마다 우리와 관련된 모든 일에 의해 그렇게 되는 것입니다.

우리가 완전히 자기 것으로 독특하게 느끼고 있는 사랑의 순간조차도 사람들은 개체를 넘어 미래나 과거의 어떤 면에 의해 규정할 수도 있다고 생각하면 소름이 돋습니다. 그렇더라도 그에게는 자기 것으로 도피할 수 있는 어떤 깊이가 남게 됩니다. 아무래도 나는 그렇게 믿고 싶습니다. 그런 믿음과 황홀감은 시간의 흐름과 아무런 관계가 없다고 하는 경험과 일치됩니다. 그러나 실제로는 그런 황홀감도 삶의 방향과는 평행이 아니라 수직을 이루고 있습니다. 마치 죽음이 삶의 방향과 수직을 이루고 있듯이 말입니다. 그런 황홀감은 우리가 활동하는 어떤 목표나 운동보다는 오히려 죽음과 더 많은 공통점을 가지고 있습니다. 죽음이란 것은 단순히 사라지는 것이 아닌, 우리를 능가하는 강한 것입니다. 사랑은 그 죽음으로부터 공정한 평가를 얻을 수 있습니다. 그렇지만 역시 이 위대한 것에 대해서는 인습적인 의견이 있어서 우리의 진로를 흔들어 놓습니다. 우리의 전통은 지도력을 잃게 되었으며, 뿌리로부터 더 이상 양분을 받아먹지 못하는 마른 나뭇가지가 되었습니다. 그리고 남성의 방심이나 초조감 따위를 감안하더라도, 지극히 행복한 관계에서도 여성은 여전히 주고 있으며, 흔들리고 있는 두 어른 곁에는 이미 어린아이가 계승자로서 어른들을 뛰어넘으면서도 여전히 어쩔 줄을 몰라 무력하게 서 있습니다. 우리는 정말로 어려운 처지라는 것을 보다 겸허하게 인정해야 합니다.

　우리 사이의 모든 일이 거듭될수록 더욱 우정이 깊어지도록 노력합시다.

　라이너 마리아 릴케

1921년 3월 7일, 스위스 취리히의 베르크 성에서

　비록 하찮은 사건이라도 때로는 큰 보증 이상으로 더욱 많은 사실을 증명한다면, 부인에 대한 나의 끊임없는 관심에 대해 별다른 증명을 하지 않아도 충분할 것입니다. 사실은 부인의 편지를 받은 즉시 나는 주소록을 펴서 부인의 새 주소를 조심스럽게 기입했습니다. 그것도 무의식적으로 깨끗하게 말입니다. 완전한 조용함 속에 있는 부인이 사시는 곳의 주소를 기입하면서 어떻게 손끝까지 기쁨을 느끼지 않을 수 있을까요?

우선 부인의 편지는 아름다운 내용으로 가득 차 있었으나, 이해하는 데는 그리 쉽지 않았다는 것을 알아주셨으면 합니다. 그러나 이 표현은 적당하지 않습니다. 오히려 그것을 이해한다는 것 또는 이해했다는 것을 증명하기가 어려울 뿐이니까요. 부인의 경험으로부터 우러나와 말하는 모든 것은 부인만이 보증할 수 있기 때문입니다. 아무리 세심한 보증인이라 하더라도 부인의 상태는 변화하는 어떤 순간이라고 단정할 위험을 범하게 되어, 이런 새로운 상태를 여러 가지 측면에서 자유롭게 측정할 수 없게 될지도 모르기 때문입니다.

고독한 사람에 대해서는 말로 표현할 수 있습니다. 다른 사람의 의견이 그에게는 어느 정도의 경계를 확정해 줄 수 있기 때문입니다. 그렇지 않으면 그 고독한 사람은 무한한 공간 속에서 아무런 관련도 맺지 못하게 됩니다. 그러나 행복한 변화 속에서 살아가는 사람의 생활은 현실로 가득 차 있어서, 어떤 것에 의해 얽매이지도 않으며 다음에 올 발견에 대해서 준비를 갖추지도 못합니다. 그의 활동은 고독한 사람의 활동과는 정반대로 회전하는 중심에 작용하는 중력을 눈으로 잴 수는 없습니다.

내가 원래 이해한 것을 말로 표현할 수는 없다 하더라도, 부인의 새로운 경험에서 우러나오는 한마디 한마디가 내게 얼마나 큰 기쁨을 주었는지 부인께 알려드릴 수는 있을 것 같습니다. 지금 부인에게 어떤 일이 일어난 것은 틀림없습니다. 부인께서는, 단순한 필요에서가 아니라 가장 풍족하게 그것을 완전히 받을 분이라는 사실이 명백해졌습니다. 그러나 모든 낯익은 것이 단절되어 부인이 고독했던 그 당시의 감정처럼, 나도 그런 감정을 조금이라도 쉽게 처리할 능력이 있다면 얼마나 좋겠습니까? 행복하고 풍만한 처지에 있는 인간은 자기 자신을 진지하고 깊이 인식하기가 대단히 어렵기 때문입니다.

  대부분의 사람들은 그들의 지나간 고독이 남긴 우울한 잘못으로 행복의 빛에 몸을 던지고, 자신의 내부에 있는 진실을 잊고 맙니다. 그러나 부인의 준비는 더욱 철저했습니다. 부인의 괴로움과 고독은 이제 진실로 빛나고 반사되어, 그 어떤 것이 주는 광채 속으로 들어갔습니다. 그렇게 되어 비로소 부인의 행복은 순수하고 확실한 보증과 흔들리지 않는 안정성을 얻게 된 것입니다. 대부분의 사람들에게 너무 진지하게 보이는 지참금을 부인은 새로운 깨끗함 속으로 성실하고 억세게 지니고 들어갔기 때문입니다.

  부인의 편지는 내게 이런 커다란 즐거움만이 아닌, 여러 가지

다른 즐거움도 주었습니다. 이제 미카엘 군도의 낡은 정원에 대한 섭섭함을 달랠 수 있게 되었으며, 부인 또한 벌써 지나간 계절을 정원에 심는 생활을 하게 되었으니 그 얼마나 즐거운 일입니까?

나는 지금 베르크라는 이 조그만 옛 성에 머물고 있습니다. 혼자서 고독하게 지내고 있는 것입니다. 내게 보이는 것은 정원, 그리고 창 앞의 분수뿐입니다. 이곳이 바로 내가 스위스에 온 이후로 일을 다시 시작해 보고자 바라던 은둔처입니다. 그러나 이렇게 좋은 조건에서도 일은 더디기만 합니다.

라이너 마리아 릴케

1921년 12월 27일, 스위스의 뮈조트 성에서

부인께서 이번에는 내게 크리스마스의 기쁨을 제때 주셨습니다. 부인의 편지가 크리스마스이브에 도착했기 때문입니다. 더욱 놀라운 사실은, 편지가 지닌 모든 것이 이 고요한 시간과 너무나도 잘 어울렸다는 것입니다. 부인의 편지는 이 시간에 대해 순수함을 주었습니다. 부인이 말한 모든 것이 그렇습니다.

그 이후 나는 스스로에게도 묻곤 하지만, 그것이 얼마나 대단한 일인지 부인은 알고 있을까요? 앞으로 삶이 어떻게 나아가든 먼 훗날 우정과 수확으로 서로에 대한 이해가 인간적인 믿음 속에 남게 되리라는 것을 알고 계십니까? 제발 믿어 주세요. 그것은 정말 대단한 것이며, 영원토록 간직해도 좋을 것입니다. 확실하게 잡을 수 있는 한 가지 일에 열중하면서도, 사랑스럽고 이해심이 깊으며 뜻을 같이하는 우정이란 어린아이의 성장과 함께 한 인간에게 주어질 수 있는 것 중 최대의 것입니다. 그것으로도 부인이 확신할 수 없다면 부인의 순수한 관찰력이, 부인 자신의 의견이 가장 타당하며 은혜를 받고 있다는 것을 보증해 줄 것입니다.

부인은 도시의 무절제를 경험할 수도 있었고, 바이올린의 무절제도 경험했으면서도 천사가 경험하듯 모든 것을 지나오지 않았습니까? 내가 이렇듯 여러 말을 하는 것은 부인의 편지가 크리스마스와 얼마나 잘 어울렸던가 하는 점을 이해하기를 바라기 때문입니다. 부인의 체험을 거울 속에 반사해서 부인에게 돌려드림으로써 부인의 아름다운 편지에 대해 보답하고 싶습니다. 부인이 편지에서 얘기한 '너무나 개인적인' 것이라고 말씀하지는 말아 주세요. 한 걸음만 내디뎌도 그것은 보편적인 것, 타당한 것, 인생의 기본 색채, 그 색채에 대한 충동,

그 색채가 사라지면 생겨나는 무한한 빛에 대한 충동이 될지도 모릅니다.

또한 동봉하신 조그만 사진들도 그 편지를 결코 개인적인 것으로 만들지는 않았습니다. 나는 그 사진으로 인해 부인 댁의 여러 사람과 부인의 꽃들에게도 내가 보이는 게 기쁩니다. 그리고 내가 올바르게 여러분께 보이기를 바라며, 아주 얌전한 자세로 그걸 바라보고 있습니다. 부인이 애쓰며 가꾼 순진한 땅에서 핀 꽃은, 저항하는 야곱의 싸움과 같은 것을 마련해 주지 않습니까? 그 조그만 사진들을 바라보고 있으면 아직 누구도 가 보지 못한 평야가 떠오릅니다. 인구가 조밀한 바이마르 지방에서 어떻게 그런 곳을 발견할 수 있었을까요? 이제 부인은 일상생활 속에서 지금까지의 세 가지 요소인 하늘과 꽃과 파헤쳐진 땅의 본질을 경험할 수 있게 되었습니다. 그들의 고독과 그 내면세계는 이제 바다의 4차원까지도 경험하게 되었으니, 그것이야말로 거장의 솜씨로 된 존재의 균형을 만들어 내는 것이 아닐는지요.

이제 부인은 부인의 편지가 내게 어떤 즐거움과 감동을 불러일으켰는지를 알게 되었을 것입니다. 그리고 내가 지금 부인께 보낼 편지 역시 어느 정도는 새해와 어울린다고 생각합니다. 내가 부인을 이렇게 이해한다는 것은 이미 내가 그토록 소원하고

있다는 뜻이 아닐까요? 지나친 얘기지만, 나는 붉고 검은 점이 박힌 행복한 딱정벌레를 편지 위에서 그냥 기어 다니도록 내버려 두고 있습니다. 그놈은 내 서재에서 꿈꾸듯이 겨울을 난 것입니다.

　마지막으로, 나에 관한 얘기를 해야겠군요. 부인은 내 주소가 바뀌었음을 알고 있을 것입니다. 겨울 내내 그토록 친절하게 나를 보호해 준 멋진 베르크 성을 5월에 떠나야 했습니다. 나는 불안한 마음으로 완전한 미지의 세계에 서게 되었습니다. 성에 파묻혀 지내며 하던 일들이 채 반 걸음도 진행되지 않은 탓입니다. 그래서 이번 여름은 다가올 겨울에 대한 피할 길 없는 걱정 속에서 속절없이 지나가 버렸습니다. 이번 겨울에도 조용하고 고독한 환경 속에서 지내야 할 텐데, 그런 곳을 찾을 수 있을지 모르겠습니다. 부인이 말한 것처럼 바야흐로 세상이 불타고 있는데 말입니다.

　한때는 스위스를 떠나야 할 것만 같았습니다. 그랬더라면 나 그네 신세가 되었을지도 모릅니다. 밖에 나가면 어디로 가야 할지, 유령 같은 실망이 내게 안겨들기 때문입니다. 이별의 정감을 맛보려고 나는 바리스 주로 떠났습니다. 1년 전에 처음으로 찾아낸 곳으로, 처음부터 잃어버린 세계를 다시 불러일으켜 준 곳입니다. 그 힘차고 말로 다할 수 없는 우아한 풍경은 프로방

스나 심지어 스페인의 어떤 경치까지도 생각나게 해 줍니다. 여기서 이상한 우연으로 수백 년 전부터 거의 사람이 살지 않던 집을 하나 찾아냈습니다. 그때부터 그 낡은 집과의 싸움이 시작되었는데, 결국 내 승리로 끝을 맺었습니다. 그곳에서 겨울을 나게 되었으니까요.

뮈조트 성을 '길들이기'란 결코 쉬운 일이 아니더군요. 한 스위스 친구의 도움이 없었더라면, 난관에 부딪혀 그 성을 정복하는 것은 완전히 좌절되었을지도 모릅니다. 이 성은 부인의 저택보다는 크지 않으며, 물론 나는 가정부 한 명만을 데리고 있습니다. 같이 보내는 작은 사진은 지금의 상태를 그대로 보여 주는 것은 아닙니다. 1900년 이전에 찍은 사진이니까요. 그때 주인이 바뀌고 그 낡은 성은 완전히 보수되었습니다. 그러나 다행스럽게도 그렇게 많이 변한 것은 아니고, 헐린 곳도 별로 많지 않습니다. 더 이상 낡지 않도록 개조한 정도였지요. 조그만 정원은 저택을 둘러싸고 있는 벽돌과 잘 어울립니다.

내가 그 집에서 처음으로 놀란 것은, 집 안에서 1656년대 이 지방 특유의 난로가 발견되었기 때문입니다. 또한 같은 시대의 통나무 천장과 오래되고 아름다운 책상, 그리고 의자들도 있습니다. 그것들에는 모두 17세기의 날짜가 새겨져 있습니다. 이 오래된 것들은 나처럼 어린 시절부터 골동품을 좋아하는 사람에겐 대단한 것일 수도 있습니다. 더욱이 주위의 광활한 로느 계곡은 어린 시절에 처음으로 넓은 세상에 사로잡혔던 기억을 되살리는 그런 풍경입니다. 그 안에는 언덕과 산이 있고, 오래된 성과 교회, 그리고 알맞은 장소에는 물음표처럼 자란 포플러 나무가 간간이 서 있으며, 비단 댕기처럼 물결치는 도로들이 포도밭 둘레에 놓여 있습니다.

부인이 이 멋진 것들을 직접 볼 수 있다면 얼마나 좋을까요? 이것으로 인사를 대신하겠습니다.

라이너 마리아 릴케

1922년 5월 19일, 뮈조트 성에서

4월에 보내 주신 부인의 편지는 부인의 기분을 그대로 전달하는 편지였습니다. 그러나 편지 끝에 우정을 가지고 편지를 받아 주었으면 하는 부인의 소망은 내 생각과는 거리가 있는 것이었습니다. 차라리 '즐거움을 가지고'라고 쓰는 것이 진실에 훨씬 더 접근하는 것이 아닐까요? 그리고 그 '즐거움'이란 글씨도 크게 쓰는 것이 더 좋을 뻔했습니다.

부인이 전한 소식이 얼마나 좋은 것인지 부인은 대체 알고 있습니까? 때때로 부인은 순수하고 딱딱한 사실의 금속판을 울리고 있는지도 모릅니다. 부인께서 그렇게 정직하고 확고한 마음으로 그것을 건드리면 여기에 있는 내게도 그 음향과 종소리가 들리며, 그 소리가 자유롭고 넓은 공간 속에서 울린다는 것을 알게 됩니다.

힘들고 참기 어려웠던 겨울이 부인에게는 틀림없이 일종의 얼어붙은 기쁨처럼 되었을 겁니다. 그러나 순수하고 억센 미래가 이제는 녹아서 살랑대는 소리를 내며 봄 속으로 흘러 들어가기를 바랍니다. 이제 우리의 정원도 서로 인사말을 주고받습니다. 정원에 백 그루 이상의 장미를 심었습니다. 물론, 경험이 부족한 탓에 잘 돌보지는 못합니다. 내가 하는 일이라야 고작 매일 물을 주는 정도입니다. 그런 일은 별로 까다롭지 않으니 그저 정직하게 하는 것뿐입니다. 무엇이든 시기가 중요하므로 주의 깊게 정신을 차려서 물을 주기만 하면 조용한 가운데서도 무언가 자기 것을 내주고, 그것은 한없이 받아들여져 성장 속으로 흘러 들어가게 됩니다.

부인의 강하고 믿음직한 힘은 언제나 나를 놀라게 하며, 그것을 생각나게 했습니다. 부인은 어려운 환경에서도 그런 놀라운 힘으로 부인의 땅을 가꾸셨습니다. 내게는 그런 일을 할 재주도 없거니와 관리하는 방법도 모릅니다. 가끔 해 보려고 노력하기도 하지만 성급하기만 합니다. 밭일을 하는 데 성급하게 덤비는 것 이상으로 바보 같은 짓이 어디 있겠습니까? 정신적인 작업에서도 어려운 잔일을 하게 될 때는 얼마나 큰 기쁨과 신선감이 생기는지 모릅니다. 그러나 정신적인 일과 육체적인 일 중에서 어느 한쪽이라도 솜씨와 경험, 태도 또는 능력만 있으면 한쪽이 다른 쪽으로부터 배울 수도, 이득을 얻을 수도 있을 것입니다. 나는 내면적인 밭일에 대해서도 힘을 기울여야 하겠지만, 다른 것도 가능한 한 잘 관찰해야겠습니다. 내가 부인의 꽃들과 편지를 보듯 말입니다. 이 두 가지는 모두 같은 믿음에서 생겨납니다.

이번 겨울의 나의 내면적인 밭일은 멋졌습니다. 내 깊숙한 땅에서 갑자기 되살아난 의식이 정신의 위대한 계절과 오랫동안 알지 못했던 강렬한 마음의 빛을 내게 주었습니다. 1912년에 있었던 그 위대했던 고독 속에서 시작되어 1914년 이후 거의 중단된, 가장 애착을 가지고 있던 작품을 다시 시작해서 무한한 능력으로 완성을 보게 된 것입니다. 그 일과 함께 기대하지도 않았던 부수적인 조그만 일도 진척이 되었습니다. 열다섯 편이 넘는 소네트로 '오르페우스에게 드리는 소네트'라는 이름을 붙였는데, 젊은 나이에 죽은 사람에 대한 묘비명으로 쓴 것입니다. 부인을 위해 그중 일곱 편을 작은 노트에 적어 같이 보냅니다. 이 소네트와 좀 더 중요한 다른 작품들도 보낼 수 있다면, 부인은 이번 겨울에 우리가 한 일의 결과가 여러 면에서 서로 비슷했다는 것을 알게 될지도 모르겠군요. 부인은 내적인 생활이 이미 마음에 가득 차게 되었다고 쓰셨습니다. 그리고 올바르게 보기만 하면 언젠가 있게 될 손실과 부족을 메울 수도 있다고 쓰셨습니다. 내가 이번 겨울에 일에 파묻혀 지내면서 깨달은 것이 바로 그것입니다. 인생이란 후에 닥쳐올 어떤 빈곤을 훨씬 더 능가할 정도로 앞서 있다는 사실입니다. 그러니 두려워할 것이 무엇입니까? 단지 우리가 그것을 잊고 지낸다는 것이 두려울 뿐입니다. 그러나 우리 주위나 내부에는 그것을 생각나게 도와주는 것이 얼마나 많습니까!

라이너 마리아 릴케

1923년 2월 2일, 뮈조트 성에서

부인을 괴롭히는 것과 똑같은 불안과 말할 수 없는 초조감 때문에 나는 점점 더 침묵 속으로 빠져들고 있습니다. 지난번 부인의 감동적인 편지에 답장을 하려고 여러 번 생각했으나 보다 멋지고 행복한 시간에 쓰려고 미뤄 왔습니다. 네잎 클로버까지 끼워 넣은 부인의 편지가 나를 얼마나 감동시켰는지 알아주었으면 합니다. 그러나 가을도 마찬가지였지만, 이번 여름은 여러 가지 일로 불안감에 휩싸여 지냈습니다. 낡은 고성에 고독하게 들어앉아 이 겨울도 가능하면 지난겨울처럼 멋지게 만들어보려고 애썼지만, 너무나도 힘이 들었습니다. 건강 탓도 있었지만, 자꾸만 몰려드는 방해 때문에 그러했습니다. 그런 점에 있어서는 부인이 쓰신 여러 편지 구절이 바로 나 자신을 두고 한 말이라고 해도 될 것입니다. '낮부터 내 생각의 반은 내 것이 아니며, 밤마다 열병 같은 환상'이라고 하신 구절이나 또 다른 구절들이 그렇습니다. 나 또한 바로 그렇기 때문입니다. 무슨 일이냐고요?

이러한 사건들 속에서 우리는 대체 무엇인가요? 그런 것은 전쟁처럼 우리에게 덤벼들지만 우리와는 상관없는 낯모르는 불행입니다. 이런 것들을 단숨에 뛰어넘을 수 있을 것 같은 생각이 자주 들지 않습니까? 여름의 초원을 지날 때 키 작은 꽃들을 건드리면, 부드러운 향내와 함께 정서 속에 보이지 않는 어떤 위로가 전해 오지 않습니까……. 부인의 편지는 그런 놀라움, 마음의 순수한 기쁨과 떨림으로 가득 차 있습니다. 그런 것은 빈곤에 빠져 본 사람만이 알 수 있지요.

 뭔가를 볼 때마다 언제나 타고난 본성에 의해 그것을 경험해야 하는 나 같은 사람에게는, 이 세계를 가로막고 있는 것이 독일이라는 사실에는 추호의 의심도 없습니다. 독일은 나도 모르는 사이에 그렇게 하고 있습니다. 내 복잡한 혈통과 교육은 이런 것을 읽을 수 있는 독특한 차원을 내게 주었습니다. 1918년에 일어난 붕괴의 순간, 독일은 깊은 진실성과 회개하는 태도로 세계를 감동시킬 수도 있었을 것입니다. 세계에 대해 부끄러움을 느낄 수도 있었을 것입니다. 잘못된 독일의 번영을 단호하게 단념했어야 했습니다. 한마디로, 독일의 본질인지도 모를 겸허함으로 그렇게 해야 했지요. 그 당시 나는 비록 잠시 동안이지만 그런 희망을 품고 있었습니다. 이상하게도 일면적이고 편협한 독일의 면모에 뒤러의 그림에서 볼 수 있는 겸허한 표정을 덧붙여 그려 넣어야 했을 것입니다. 그런 겸허한 표정은 이젠 영영 사라져 버린 표정이지만 말입니다. 모르긴 해도 그런 것을 느끼고 원한 사람들도 더러는 있었을 것입니다. 이제야 그렇게 되지 않은 것에 대한 보복이 시작되었습니다. 어느 한쪽에 기울지 않게 하는 그 무엇이 부족했던 것입니다.

 독일은 너무 게을러, 가장 순수하고 훌륭하며 오래된 기초 위에 올바른 중심을 세우지 못했습니다. 독일은 근본적으로 개혁

되지 않았고, 생각을 고치지도 않았으며, 내적인 겸허가 뿌리를 박고 있는 권위를 창조하지도 못했습니다. 오직 표면적이고 성급한 불신과 욕심이 많다는 의미로서의 구원만을 생각했던 것입니다. 독일은 자기의 은밀한 성질에 따라서 참고 견디며 기적을 준비하지 않고, 오로지 성공하기만 기대하며 거기서 빠져나가려고 했습니다. 독일은 변화 대신에 옛것을 고집했습니다. 이제야 사람들은 느끼고 있습니다. 뭔가 모자라는구나……. 지탱될 날짜가 부족합니다. 사다리에 발판이 한 개 부족합니다. 그리하여 말할 수 없는 불안과 걱정, 그리고 무서운 붕괴에 대한 느낌이 생기는 것입니다. 어떻게 할까요?

우리는 각자가 조용하고 믿을 수 있는 조그만 인생의 섬에서 우리 것을 수행하며 괴로움을 맛보고 느껴야만 합니다. 그렇다고 내 섬이 부인의 섬보다 튼튼하고 안전하다는 뜻은 절대 아닙니다. 나는 손님이고 부인은 소작인입니다. 그런데 정말 부인의 소작 기간은 이번 가을로 끝이란 말인가요? 부인께서는 3년간이나 지주의 땅을 기름지게 갈아 주지 않았습니까? 그 사람에게 생각을 고치도록 할 수는 없는 걸까요? 이제 와서 그와 비슷한 다른 땅을 찾아보기란 정말 어렵다는 생각이 듭니다. 아르헨티나로 가겠다는 것은 마음이 통하는 땅에서 살겠다는 부인의 소원이나 생각과는 모순이 됩니다. 그리고 그곳도 이제는 전처럼 용기와 힘이 날 그런 정세는 아닐 것 같군요.

그러나 부인께서 바이마르 시대를 통틀어 바라보시면, 얼마나 수확이 많았고 성과가 컸는지 아실 겁니다. 그 이익은 너무나 확실해서 근심 어린 부인의 편지에서도 그걸 읽을 수 있었습니다. 이런 것을 생각하면 나는 변함없이 부인의 행복을 빌게 되며, 또한 그것을 기원하고 있습니다.

R. M. R.

1924년 1월 27일, 뮈조트 성에서

우리는 서로가 상대방의 침묵을 걱정스럽게 지켜보았습니다. 나는 우선 부인의 편지를 뒤집어 보았지요. 그리고 옛 주소가 그냥 쓰여 있는 것을 보았을 때 부인에 대한 걱정은 괜한 것이었다는 생각이 들었습니다.

그러나 이제 보니 그렇지도 않습니다. 부인의 편지를 읽고 보니, 부인이 얼마나 어려운 처지에 놓여 있는지를 짐작하겠습니다. 나는 부인이 직면한 처지가 써 보낸 그대로라고는 생각지 않습니다. 그렇다고 내 이해심이 모자라서 그런 것은 아닙니다.

부인의 곤경이나 피로감도, 마음속의 깊고 순수한 환멸도 나는 잘 이해하고 있습니다. 부인이 그토록 오랜 세월 애써 왔음에도 불구하고 아무런 결과가 없었던 것에 대한 환멸도 이해하고 있습니다. 즉, 부인이 토지와 벌인 그토록 성실한 싸움은 보답을 받아야 한다는 신념을 나로서는 버릴 수가 없습니다. 지금도 내 마음을 깊이 파헤쳐 보면, 변함없는 그러한 신념을 볼 수 있을 것입니다.

좀 더 시간을 두고 신중하게 생각할 수는 없을까요? 부인은 조급한 마음에 내게 여러 종류의 계획을 써 보낸 것 같습니다. 혹시 너무 많은 계획을 세운 것은 아닐까요? 아직도 좀 더 신중히 생각해 볼 시간은 없을까요? 그렇게 멀리 떠나기 전에 말입니다. 부인의 편지로 미루어, 부인의 심정은 그렇게 어마어마한 결정을 내릴 시기가 아닌 것 같습니다. 우선 결정을 미루라는 충고를 드리고 싶군요. 아무런 성과가 없어서 모든 것을 처음부터 다시 한 번 시작해야 할지라도, 먼저 휴식을 취하면서 숨을 돌려 평안한 시간을 갖도록 하십시오.

그리고 새 땅에서 새로운 출발을 하는 것이 반드시 신대륙이어야만 하나요? 독일에는 부인이 계속 애써 볼 만한 토지가 어디에도 없습니까? 내가 어찌 그런 중요한 시기에 조급한 것은 잘못이라는 사실을 부인에게 일깨워 주지 않을 수 있겠습니까?

그리고 부인이 이제야 '평화와 믿을 수 있는 것'을 얻었다고 말하는 의도를 내가 어찌 이해하지 못하겠습니까?

그러한 곤경이 없는 나라도 있기는 합니다. 그러나 방해를 받는 일이 훨씬 적은 세계라면 어떤 내적인 상태의 균형을 회복하기 위해 저절로 운명의 손이 작용했을 것입니다. 그러나 그런 것은 나타나지 않습니다. 우리가 어떤 일을 이루었을 때에 보답을 받게 되는 그런 것은 나타나지 않습니다. 말하자면 기쁨이 부족합니다. 자신도 모르는 사이에 걸어가던 발걸음에 가능성이나 변화를 일으켜 주는 그런 사심 없는 기쁨 같은 것이 없습니다. 우리의 내부에서 성장하면 곧 나타나는, 운명의 대답이 모자라는 형편입니다. 그러한 자연의 보답을 못 받고 있기 때문에 곤경에 처해 있는 몇몇 사람을 나는 알고 있습니다. 그렇기 때문에 탐욕과 절망으로 안정을 잃은 사람만이 앞으로 돌진하는 것을 보고도 나는 전혀 놀라지 않습니다.

지금 이 순간 나는 부인과 함께 있습니다. 나는 부인이 겪게 될 곤경을 이해하려고 애쓰며, 부인의 깊은 마음속까지 쉽사리 파고들 수도 있습니다. 그런데도 도와드릴 힘이 없습니다. 부인이 당하는 부당한 처사도 나는 잘 알고 있습니다. 그러나 전쟁 이후로 그런 부당한 일은 어디에나 숨어 있습니다. 그것을 피하려면 마음속으로 깊이 숨는 도리밖에 없습니다. 그런 점에 있어서 부인은 이미 몇 년에 걸친 고생으로 꿈쩍도 하지 않을 정도로 굳세어졌습니다. 다만 피로와 환멸과 끊임없는 불안이 자기를 조절하는 힘을 빼앗아 간 것뿐입니다. 그리하여 부인은 가까운 것들과 동떨어진 듯한 기분을 느끼게 된 것입니다.

  나는 몇 번이고 부인에게 나의 〈두이노의 비가〉를 보낼까도 생각했었으나, 그만두곤 했습니다. 부인의 마음이 지금 다른 곳에 쏠려 있다고 생각했기 때문이며, 지금은 괴로운 독서를 권할 시기가 아니라고 생각되었기 때문입니다. 나 자신도 여러 가지 불쾌한 일로 인해 모든 것이 뜻대로 되지 않고 있습니다. 최근에는 병이 도져 의사의 감시를 받다가 겨우 일주일 전에 해방이 되었습니다. 그러나 지금까지 나는 내 몸에 생기는 병은 스스로 처리해 왔습니다. 나와 신체의 연결성은 아주 정확해서 오히려 의사가 우리의 조화를 깨뜨린다고 생각합니다. 그리고 나는 곧 친구로부터 구원을 받게 되었습니다. 우리는 될 수 있는 대로 약은 피하고, 여러 해 동안 내게 도움을 주던 자연으로부터 도움을 받자는 데 의견의 일치를 보았지요. 나는 한 번도 육체와 정신 사이에 경계선을 그어 본 적이 없습니다. 그것은 서로를 도와 가며 서로에게 영향을 미치기 때문입니다. 그래서 쇠약하고 병든 육체에 대해 정신을 우위에 놓는 것과 같은 어색한 짓은 하지 않습니다. 따라서 어느 누구보다도 육체적 장애의 영향을 받기가 쉽습니다. 내가 성공을 거둔 모든 것은 나를 구성하고 있는 모든 요소에 공통된 즐거움으로부터 나온 것입니다.

이젠 편지를 그만 쓰겠습니다. 나는 이런 일들에 대해 말하기도 싫습니다. 그리고 병자일 때는 자기 주변에 사람이 있다는 사실조차 견디기 어렵습니다. 이럴 때는 어딘가에 숨어 버리고 싶은 동물적인 충동만이 있을 뿐입니다. 그런데도 오늘은 편지가 길어졌습니다. 만일 내 편지가 너무 짧으면, 내가 부인에게 전달하고 싶은 친근감이 사라질지도 모르기 때문입니다.

그러나 부인은 괴로운 하루하루를 보내면서 느끼는 모든 소원이나 잠깐 스치는 상념이라도 자세히 적어 보내 주세요. 언제나 답장을 드린다는 약속을 할 수는 없지만, 부인의 사정은 알고 싶습니다. 짐작하시겠지만, 내가 없을 때라든지 혹은 아무 일도 하지 않고 있는 동안에는 일과 편지가 산더미처럼 쌓여 있습니다.

끝으로, 내가 부인의 사정을 잘 알고 있을수록 가끔 부인에게 보내는 내 편지가 더욱 본질적이고 절실한 것이 되리라는 점을 말씀드립니다.

R. M. R.

1924년 2월 11일, 뮈조트 성에서

그렇습니다. 나로서는 굉장한 기적이라고 생각됩니다. 부인의 전전 편지를 받은 후 이번 편지를 받아 보니, 그 편지는 마치 그동안 지나간 빛을 한데 모은 즐겁고 조그만 거울 같더군요. 그 빛이 너무나 올바르게 보여서 빛의 진행이나 밝은 세계로 나아가는 것에 대해 내가 거의 생각할 필요조차 없을 것 같습니다. 그래도 나는 날마다 부인을 생각하고 있으며, 부인이 그 빛의 영향 밑에 올바르게 남아서 새로운 하늘의 눈짓을 따라갈 능력을 갖추게 되기를 바랍니다.

어떤 운명의 형태를 받아들이고 완성되고 열린 미래 속으로 흘러 들어가고 있다고 해서, 부인이 너무나 순진하다고 생각하는 것은 아닙니까? 이렇게 쉽게 따라갈 수 있는 것은 수줍으면서도 대담한 자연의 운명이 희생하기 때문이 아닐까요? 그리고 한 가지 형식을 채우려는 이런 모험이 바로 인생이 아니고 무엇이겠습니까? 이런 형식도 언젠가는 새로운 힘에 의해 망가져 변화된 모습으로 동일한 세계 안에서 마술적인 존재와 자유로이 친해지는 것이 아닐는지요. 그와 같이 순박하고 가치 있는 일을 마치고 겸손하게 어떤 순수한 가능성을 기다리고 있는 부인 같은 분에게 어떻게 옳지 못한 얘기를 꺼낼 수 있겠습니까? 저는 그런 생각이 드는군요…….

R. M. R.

클라라 베스트호프에게
(훗날 릴케의 부인이 됨)

1900년 10월 18일, 베를린 교외 슈마르겐도르프에서

사랑하는 클라라!
 당신은 푸른색으로 단장된 작은 식당에서 보낸 저녁 한때를 아직도 기억하고 있는지요? 당신은 그때 당신의 파리 여행을 가로막고 있던 날들에 대해 내게 얘기하고 있었습니다.
 아버님의 희망대로 당신은 출발 날짜를 연기한 후 당신 어머니를 스케치하기 시작했습니다. 당신의 눈길은 이미 멀고 먼 곳의 새로운 아름다움에 사로잡혀 있었지만, 눈은 가까운 데로 돌려야 했지요. 그리하여 아주 가까이에 있는 신중하고도 고귀한 노부인의 얼굴이 친숙해지고, 날마다 그녀의 주름살을 세밀하게 관찰해야만 했지요. 그 조용한 작업이 당신의 손을 길들였으며, 외국 여행에서 당하게 될 우발적인 사건들 대신에 당신은 날마다 그 작업을 통해 계속 성장하고 있었습니다. 낯설고 새로

운 사물들을 갈망하고 있는 당신의 예술 대신에, 당신의 인간적인 정서와 신뢰감은 뜻밖의 나날들 속에서 발전하고 있었습니다. 당신의 사랑은 한군데로 집중되어 당신을 마주 보고 있는 평온하고도 조용한 그 노부인의 얼굴로 향하고 있었습니다. 그 얼굴은 너무나 풍요로워 표현하기가 매우 어려운 것 같았습니다.

당시 나는 당신의 그런 모습에 완전히 매료되어 있었습니다. 보다 큰 것에 대해 이미 각오하고 있는 당신의 눈은 조심스레 귀를 기울이는 발걸음으로 경험의 험난한 길을 또다시 헤매고 있었으며, 그 길 위의 이정표 옆에서 경건한 마음으로 고요히 서 있었습니다. 그리고 세계를 모두 잊은 채 단지 당신이 상대하고 있는 것은 하나의 얼굴뿐이었습니다.

나는 지금도 당신이 그때 얘기한 모든 것을 생생하게 기억하고 있습니다. 그리고 그 노부인의 자세도 눈에 선합니다. 조심스럽게 가끔 말을 잇는 노부인, 다정한 표정을 지으려 할 때마다 손을 감추는 노부인, 다리를 포갠 모습, 그러다가도 팔을 뒤로 빼고 다시 섬처럼 조용하게 앉아 있는 노부인을 지금도 눈앞에 그릴 수 있습니다. 그리고 내 눈도 역시 빛에 사로잡혀 보다 크고 심오한 아름다움에 머물러 있었습니다.

처음부터 당신의 고향은 나에게 자애로운 타향 이상의 것이었습니다. 그것은 나에게는 첫 고향이었으며, 거기에서 사람들이 살고 있는 것을 보았습니다. 그것에 비하면 다른 사람들은 모두 타향에 살고 있고, 모든 고향은 텅 비어 있습니다. 그 사실은 내게 깊은 감명을 주었습니다. 처음에는 그저 당신들 곁에서 한 형제가 되고 싶었을 뿐입니다. 그러나 당신의 고향은 너무나 풍요해서 나를 함께 사랑하고 감싸 주었습니다. 당신들은 그토록 친절하게 나를 친형제나 자매처럼 대해 주었으며, 평일이나 축제일 등 온갖 일에 나를 참여시켜 주었습니다. 그리고 나는 위대한 아름다움에 심취했습니다. 아무런 보탬도 되어 주지 못한 채, 그런 아름다움을 마냥 누리는 사람이 되었습니다. 그러다가 하마터면 나를 기다리는, 겸손하고 경건한 손으로 봉사해야 할 삶의 얼굴조차 잊어버릴 뻔했습니다. 나는 시간을 초월해서 위대함과 밝음 속에서 많은 것을 보았으며, 무엇인가 멀고도 새로운 것을 받아들이기 전에 만들어야 할 위대한 모습에 친숙해졌습니다. 당신은 겨우 한 달 만에 일을 끝냈지만, 내 경우에는 마음 깊은 곳의 친근하면서도 의외의 놀랄 만한 어떠한 것에 헌신할 수 있으려면 1년은 걸릴 것입니다.

당신과 함께한 그 나날들의 깊은 정취가 아직도 내 마음속에 남아 있습니다. 얼마 전부터 나는 가장 조용한 시간을 대하고 있는 것 같은 기분이 듭니다. 그러나 이곳에 머물면서 내 계획을 위해 할 수 있는 모든 수단을 이용하고 헌신하려는 결심이

셨을 때에야 비로소 작업을 시작했습니다. 나는 아직도 연모의 정으로 봅스베데에 대해 많은 것을 생각하고 있습니다. 그리고 잊히지 않는 정취로 가득 찼던 일요일과 뜻밖의 시간에 대해 생각합니다. 그러나 내 안의 보이지 않는 바다 위에는 이미 파도 같은 것이 자리 잡고 있습니다. 머지않아 그 파도는 나를 완전히 사로잡을 것입니다. 그런 일들이 다른 무엇보다도 먼저 일어나도록 그냥 놓아두겠습니다.

당신은 그것을 이해할 수 있을 것입니다. 나는 아직도 '그 얼굴'에서 떠날 수 없습니다. 이번 겨울은 일을 잘할 수 있도록 조절했습니다. 그리고 내년 1월에는 다시 러시아에 갈 예정입니다. 그곳에서는 삶의 모든 면이 더욱 분명하고 단순해질 것입니다. 그리고 나는 그곳에서 내 일을 계속하거나 더 쉽게 고치고 보충할 수 있을 것입니다.

당신이 내게 들려준 얘기들 가운데 어떤 것은 중요성을 갖게 되리라는 사실을 나는 알고 있습니다. 지난겨울, 당신의 11월이 이제는 내게 거의 상징처럼 되어 버렸습니다. 만일 당신이 얘기한 추억과 정취에서 아름다운 모습을 얻지 못했더라면, 나는 지금도 산다는 것이 좋은 것이라는 사실조차 몰랐을 것입니다.

나는 당신에게 이별을 고하지 않겠습니다. 당신이 내 곁에 가까이 있다는 것이 느껴지기 때문입니다. 이별을 하지 않는 것이 다행스럽게만 여겨집니다. 이별이란 것은 감정에 큰 짐이 됩니다. 거리감은 거기에 비할 바도 못 됩니다. 거리감조차도 모든 사람 속에서 자라나고 튼튼해집니다.

당신의 편지는 정말 아름다웠으며, 그 편지에서 당신의 심정을 그대로 느낄 수 있었습니다. 심정을 있는 그대로 솔직히 썼다는 것은 얼마나 좋은 일입니까? 그렇게 할 수 있는 사람은 극히 드뭅니다. 쓰는 것만을 일삼는 대부분의 사람들은 평생토록 그것을 배우지 못합니다. 물론 '배운다'는 표현이 이 경우에 얼마나 적당한지 모르지만 말입니다. 그리고 당신에게 있어 쓴다는 것은 결코 중요하지 않습니다. 당신에게 중요한 것은 펜으로 사람을 만날 수 있다는 것뿐입니다.

따뜻한 벽난로 옆에 앉은 당신 곁에는 지금 어떤 조각품이 있습니까? 쭈그리고 앉아 있는 소년상은 이제 완성이 되었나요? 당신이 그런 것들과 당신이 원하는 어떤 것에 대해 써 보낼 때마다 나는 무척 기쁘답니다.

나는 항상 당신에게 감사하고 있으며, 그 사랑스러운 모든 것과 함께 당신을 기억하고 있습니다.

당신의 라이너 마리아 릴케

사랑하는 아내 클라라에게
(결혼 후 보낸 편지)

1903년 4월 8일(11일?)
이탈리아 피사 근교의 비아레지오 플로렌스 호텔에서

  다시 이곳에서 불안과 공포로 가득 찬 하루를 보냈소. 바다 위를 휩쓸어 갈 듯 몰아치는 연이은 폭풍과 번개, 숲 속의 캄캄한 밤, 세상을 뒤덮을 듯한 소음……. 나는 오전 내내 숲 속에 있었소.

  4~5일간 햇볕이 쨍쨍 내리쬐더니 이제는 숲 속의 어둠과 바람이 제법 상쾌하구려. 당신은 이 숲을 대단히 울창한 숲으로 연상해도 될게요. 쭉쭉 뻗은 소나무와 넓게 펼쳐진 가지들, 땅바닥은 침엽수들로 뒤덮여 어둠침침하지만, 높이 자란 금잔화들이 만발해 있다오. 오늘은 금잔화의 노란색이 밤처럼 어둡고 선선한 숲 속에서 빛나는 몸을 흔들며 윙크를 보내 주는구려. 숲은 아래쪽부터 밝아졌지만 지금은 매우 고요하다오.

  나는 삼림욕을 하면서 맨발로 몇 시간 동안 왔다 갔다 하면서 많은 것을 생각했소. 내가 기다리고 있던 당신의 편지와 거기에 가득 담긴 아름다운 사연들도 생각했다오. 일요일이 아닌 월요일 아침 일찍 쓴 당신의 편지를 말이오. 나로서는 많은 말을 하고 싶지는 않소. 당신이 모든 일에 옳은 판단을 내리고 우리에게 필요한 것이 무엇인지 잘 알고 있으니, 나로서는 그저 당신의 말에 따르기만 하면 되지 않겠소.

사람은 누구나 자기 삶의 중심을 찾아야 하며, 거기서부터 힘껏 자라나야 하오. 그런 경우 누구라도 그 사람을 도와줄 수는 없소. 특히 가장 가까운 사람, 가장 사랑하는 사람일지라도 그럴 수는 없는 것이라오. 자기 자신조차도 어찌할 수 없는 문제이기 때문이지. 결국 순수함과 같은 것이 문제가 되며, 그 자신으로부터 얻어진 사물을 깊이 바라보는 것이 중요하다오. 마치 스케치할 때와 마찬가지로 눈길을 사물과 밀접하게 연결해 자연과 혼연일체가 되면서도, 손만은 자기 길을 묵묵히 혼자서 가고 있는 것과 같은 이치요. 가다가 불안을 느끼고 흔들리다가는 다시 고요해지고, 기뻐하는가 하면 별처럼 바라보는 것이 아니라 다만 빛을 내며 시야 속으로 깊이 사라져 가는 거요.

나는 작품을 만들 때마다 항상 그랬던 것 같소. 눈으로는 멀리 있는 사물들을 바라보면서도 손은 혼자서 자기 일을 하는 것 말이오. 또 당연히 그래야 하고. 시간이 흐름에 따라 점차 그렇게 되기를 바라고 있소. 그러나 그렇게 되려면 나는 지금처럼 고독하게 있어야 하지. 우선 내 고독은 다시금 확고하고 안전한 것이 되어야만 하오. 원시의 숲처럼, 사람의 발걸음 소리를 두려워할 필요조차 느끼지 않아야 하오. 그 고독은 모든 악센트를 잊어야 하며, 어떤 예외적인 가치나 의무감도 잊어야 하오. 그리하여 고독은 자연적이고 일상적인 것이 되어야 하지. 그리고 아무리 잠깐 동안이라도 나를 찾아오는 생각이 아무것도 없는 곳에서 나와 단둘이서만 만나야 하오. 그래야만 그 생각은 나를 믿으려 할 거요.

나를 고독에서 벗어나게 하는 것보다 짜증스러운 일은 없다오. 언제나 그랬지. 그러므로 이제부터 나는 밤낮으로 힘든 길을 가야 하오. 가다가 잘못되어 다시 돌아오기도 하겠지. 그리하여 내가 길을 잘못 든 그 교차로에서 되돌아오게 되면 나는 거기서 또다시 내 길과 작업을 시작하겠소. 단순하고 소박하게, 있는 그대로 다시 시작하는 거요. 이 점에 있어서 우리가 서로 이해하고 뜻이 일치되면 나는 마음속으로 기쁨을 느끼게 된다오. 그렇게 되면 우리는 마치 두 사람 모두 무한한 발전을 한 것 같은 느낌이 든다오. 우리는 세계를 통해 발전하고, 세계는 다시 우리를 통해 발전한 것 같은 기분이 드는 거요.

1904년 7월 24일, 스웨덴의 브르게비에서

 내가 게으름을 피우려 했던 것은 결코 아니오. 내 마음속에 태만은 없소. 외부든 내부든 똑같은 여러 종류의 흐름이 지금 내 마음속에 흐르고 있다오. 아주 멋진 흐름이지. 나는 일기라고는 한 번도 쓰지 않았소. 앞으로도 써야 할 온갖 편지에서 해방되어 꼭 읽어야 할 책들만 읽고 싶을 따름이라오. 매일 서너 시간씩 덴마크 어를 공부하고 있는데, 그것도 대단한 일인지라 시간과 정력이 필요하다오. 그런데도 나는 어떤 보이지 않는 기초 위에 나를 세우고 있다는 기분이 드는구려. 아니오, 그건 너무나 힘든 일이오. 언젠가는 당연히 그렇게 되어야 할 일을 위해 근본을 뽑아 버리거나 보수를 받거나, 할 수 있는 눈에 띄지도 않을 일을 해 나간다는 것은 참으로 힘든 일이구려.

 이곳의 형편을 얘기하자면, 탓할 일이나 후회될 일은 아무것도 없소. 내가 이 기간에 대해 명칭을 붙인다면 휴식의 시간이라고 하는 것이 좋을 듯싶소. 그렇게 살아가고 있는데도 즐거움이란 것이 없고, 해야 할 무엇인가가 늘 부족하다오. 하나의 출구, 하나의 수확 말이오. 정신 집중을 하기는 어렵지만 그래도 자기반성을 준비하고 있는 이 시기는 내게 아주 멋진 시간이 될 거요. 예전에도 그랬듯이 여름은 결코 내게 있어 최고의 계절은 아니오. 언제 어디서나 여름은 싸워 이겨야 할 계절인 듯싶소.

그러나 가을만은 금년에도 틀림없이 나의 계절이 될 듯하오. 만일 키 큰 단풍나무 곁에서 고독하고 건강하게 휴식을 즐기며 바닷가에 있는 내 방에서 가을을 지낸다면, 내 생활에서 많은 것이 변화할 수도 있고 또한 많은 행운이 올 수도 있다고 생각하오.

페트리, 그 사람은 나도 알고 있소. 그 사람과 에드거 앨런 포에 대해 이상스러운 대화를 나누던 기억이 나는군. 특히 유머라는 측면에서 볼 때 우리가 극복하지 못한 오해도 있었지만, 그 대화는 근본적인 것을 담고 있었소. 그 사람은 틀림없이 성장해 가는 듯 보였지. 그렇기 때문에 그는 언제나 곤란한 지경에 놓여 있었지만……. 그 사람이 여전히 곤란하다니 안됐구려. 몇 년 전부터 그 사람은 늘 그런 처지였지만 일부러 찾아 헤맨 것이더라도 그 곤란은 오히려 바람직한 것이라오. 차라리 그 사람이 궁핍에서 빠져나오지 않았으면 좋겠소. 음악가는 그들의 예술로 쉽게 얻을 수 있는 해결 방법 때문에 출구가 많은 법이오. 다만 그들이 삶을 살아가는 데 있어서 베토벤이나 구도자로서의 바흐처럼 해결을 거부하고 경멸할 때만이 그들은 성장할 수 있소. 그렇지 않으면 그들의 육체는 부피만 커질 뿐이라오.

이 세상에 가득 찬 가치 없는 대화는 물론이고, 아주 적절한 대화까지도 쓸데없는 일로 여겨지는구려. 그래서 될 수 있으면 타인과의 대화는 피하고 있다오. 이곳에 와서 어느 날 저녁에 몇 가지 중요한 얘기를 하고 싶은 유혹을 느낀 적이 있었는데, 요즘 새삼스럽게 생각이 나오. 이곳에 체류하기 시작했을 때 노르린트(1879~1947. 스웨덴의 음악가)와 가진 지칠 대로 지친 대화 이후로는 그런 느낌이 자꾸 생긴다오. 얼마나 쓸쓸하고 허탈하던지, 파티가 끝난 뒤에 느껴지는 그런 허망한 기분이었소. 그리고 얼마나 죄책감이 느껴지는지……. 전에는 그런 느낌이 섬세하고 성숙하지 못한 대화로 인한 후회감에서 오는 줄로 믿었는데 그렇지가 않았소. 몰두한다는 것도 죄악이라는 사실에서 그런 느낌이 드는 것이라오. 근본적으로 인간은 자기의 훌륭한 말들은 아껴 둬야만 하오. 언어가 바로 생명이 되어야 하기 때문이오. 그것이 바로 이 세계의 신비가 아니고 무엇이겠소.

1905년 12월 19일 밤, 카프리에서

크리스마스이브에 편지를 읽을 수 있을까? 그렇게 되려면 우선 그날 밤에 읽을 수 있도록 4일 전에 편지를 써야 하지 않을까? 나는 루트(릴케의 딸)에게 편지를 쓰는 것이 아니오. 그 아이에게 얘기를 해야 할 사람은 나나 당신이 아닐 테니. 물론 당신은 지금 그 아이와 함께 크리스마스트리를 쳐다보며, 그 아이의 곱고 부드러운 머리카락을 당신의 뺨에 느끼고 있겠지만 말이오. 당신이나 사랑스럽고 귀여운 그 아이에게는 무엇보다 크리스마스트리가 얘기를 들려줘야 할 거요. 만일 당신이 그 아이를 다시 쳐다보면 당신은 그 아이를 보다 가깝게 느끼게 될 거요. 그 아이를 다시 잘 봐요……. 어머니로서가 아니라 당신이 일할 때의 그 진지한 눈빛으로 보도록 해 봐요. 그러면 당신은 아주 즐거워질 수 있을 거요. 그런 눈에는 이 밤이 아주 완전하게 보일 것이고, 내가 그곳에 없다는 사실이 낯설거나 불안스럽지도 않을게요. 당신이 나를 느끼는 데 방해될 것은 아무것도 없소. 그렇지 않고 내가 정말 그곳에서 당신들과 함께 있을 수 있다면…….

베스터베데에서 있었던 우리의 첫 크리스마스이브를 제외하고는 언제나 내게는 참기 어려운 일뿐이었소. 비록 마지막 순간에는 다르지만, 하느님이나 아실 수 있는 아주 멀고 먼 곳에서 홀로 고독하게 있는 것이 좋지 않을까 하고 느꼈으니 말이오. 그날 저녁이면 가끔 당신의 얼굴과 마주치는 내 시선은 무언가 어색함을 느꼈고, 또 실제로도 그랬소. 그 시선은 고독과 자기 손에 파묻혀 어둠 속에 더 오래 있어야만 하지 않을까? 그리고 생각에 잠겨 한 조각 하늘과 나무 한 그루, 길, 그 시선은 뭔가 쳐다볼 때마다 아직도 어색한 상태에서 어쩐지 멍한 시선이 아니었소? 내부로 깊숙이 들어간 것도 그렇다고 외부로 아주 나온 것도 아닌, 반쯤 가려진 거울처럼 아직도 중간에 머물러 있는 시선이 아니었소? 그 시선 속에서 당신은 한 번도 위대한 믿음이나 전체적인 사랑을 보지 못했던 거요. 그 시선이 당신에게 완전히 되돌려지려면 앞으로도 낮과 밤이 지나야 할 것이오. 그러나 그 시선은 지금 훌륭한 손들 속에 있어서 조금 더 계속되면 당신은 그 시선을 다시금 찾게 될 거요. 그렇게 되면 어느 때든 성스러운 밤이 될 거고. 일 년 중 어느 날에라도 말이오.

당신은 혹시 알고 있는지 모르겠군. 내 어린 시절의 크리스마스가 어떠했는지 말이오. 육군 사관 학교가 아무 기적도 없는 딱딱하고 고통스러운 생활을 내게 믿게 해서, 부당한 현실 이외에는 가능한 것이 아무것도 없는 것 같던 때도 크리스마스는 올바르게 시작되어 점점 넓어지다가 드디어 사라지게 되었다오. 날개를 펴고 너무나 멀리 날아가 모습조차 보이지 않게 되고, 거대하게 흐르는 빛 속에서 겨우 그 방향만을 알았을 뿐이었소. 그래도 그 모든 것이 여전히 나에게는 힘을 주고 있었소. 내가 우리를 위해 또는 루트를 위해 크리스마스의 밤을 밝힐 때마다 나는 어느 정도 나의 그런 일들을 경멸했다오. 아무리 그것을 다시 만들어 봐야 내가 알고 있는 기적과는 너무나 동떨어져 있기 때문이었고, 크리스마스는 내 환상 속에서 너무나 크게 자라 왔으며, 또 과거에도 언제나 그랬기 때문이라오.

12일에 나는 오랫동안 한자리에 앉아 곰곰이 생각했소. 그 당시에 그렇게도 우리 마음을 흔들던 그 신비한 은혜의 시간을 생각해 보았소. 그러자 거실에 앉아서도 축제의 전날 밤이 다시 느껴졌고, 촛불을 켜 놓은 채 새로움이 자라나는 새벽이 홍수처럼 다가오는 것을 느꼈소. 그리고 겨울의 햇빛 속에서 아침이 왔소. 아침은 완전히 새로운 질서와 끈기와 기대를 함께 간직하고 있었소. 그리고 가파른 산을 오르듯 오전이 가까이 오는 것이 무의식 속에서, 불가능한 것으로 느껴졌소. 그러면서도 이상하게 기적과 밀접하게 연결되어 있어서 구별조차 할 수 없는 어떠한 현실이 느껴졌다오. 그 후에는 고통이 가라앉을 때마다 일종의 안도감이 서서히 퍼지며 나타났다오. 그 안도감은 전혀 다른 것이었고, 뒷날에 가서야 그 정체를 드러내는 안도감 같은 거였소. 그다음은 굳게 디디고 서 있을 수 있는 생명력이었소.

내 내부에서 일어난 그런 고요가 없었다면 나는 어떻게 되었을까? 현실과 기적이 하나가 된 경험, 내가 처음으로 자신을 잃지 않은 은혜의 일주일, 나도 알 수 없는 마음의 준비를 내 마음속에 일깨워 준 소박한 봉사, 뜬눈으로 지새운 밤들이 없었다면 도대체 나는 어떻게 되었겠소? 감긴 내 눈 위에 드리운 추운 겨울밤, 멀고 먼 별들이 감긴 눈으로 가까이 다가오는 밤, 알 수 없는 새롭고도 가냘픈 소리까지도 분명하게 나타나는 고요가 있는 밤이면 나는 그 밤을 뜬눈으로 지새웠다오. 그럴 때는 아무 일도 하지 않으면서도 나는 탐욕스럽게 그 열렬한 고요를 지키며 깨어 있었던 거요. 그러나 이제는 알고 있소. 그럴 때에 무언가 나에 대한 일이 이루어졌다는 것을. 거목이 될 묘목처럼 나는 작은 화분에서 뽑혀 나와 조심스럽게 흙이 털리고 뿌리에 햇빛을 받으며 결국 내 수명이 다할 때까지 서 있게 될 큰 현실적인 대지로 옮겨졌던 거요.

그때서야 비로소 내게도 크리스마스가 여전히 살아 있다는 것을 알아차렸소. 그것은 예전에 있었다가 사라진 것이 아니라 영원히 지속되는 크리스마스였지. 이런 모든 것으로부터 내게도 이번 크리스마스는 다시 한 번 고독하게 불안이나 슬픔을 느끼지 않고 지낼 수 있을 것만 같소. 더 이상 글을 쓰지는 못하지만, 당신도 그것을 느끼게 되기를 바라오.

1907년 10월 9일, 파리에서

오늘은 당신에게 세잔에 대한 얘기를 조금 하고 싶소. 작품에 관한 한 그는 자신의 칠십 평생을 방랑자로 살아왔다고 주장하고 있소. 그 사람은 피사로와 사귄 다음부터 그림에 대한 취미가 생긴 것 같소. 그리고 그 후 30년을 오직 창작에만 바쳤지. 아무런 즐거움도 없이, 자기 작품 한 점 한 점과의 무서운 갈등과 분노 속에서 그는 살아왔소. 그의 작품은 그에게 어느 하나도 만족스럽지 못하다오. 그는 작품이란 이 세상에 반드시 존재해야 할 무엇이 되어야 한다고 여긴 거요. 그는 그것을 사실화라고 불렀는데, 그 이름은 루브르 미술관에서 본 베네치아 학파에서 찾아냈다오. 그 이후로도 그는 그 작품을 보고 또 보았다오. 이해가 가도록 사물화하며 자신의 독특한 체험을 통해 파괴할 수 없이 높아진 현실, 그것이 바로 그의 마음 깊은 곳에서 울리는 작품의 질이었던 것이오.

그 사람은 늙고 병들어서도 매일 규칙적인 일과를 지켰고, 밤마다 실신할 정도로 기진맥진했소. 일에 몰두하다가 정신없이 저녁 식사를 마치고 새벽 6시에야 잠을 자기 시작했던 거요. 악의와 의심에 차서 자신의 화실에 갈 때마다 스스로를 조소하고 학대했다는 거요. 그러나 일요일 하루만은 조용히 쉬면서 어린애처럼 미사를 드리고, 만종을 들었으며, 가정부 프레몽 부인에게 좀 더 입에 맞는 식사를 준비해 달라고 정중하게 부탁하기도 했다오. 그러면서도 그는 날마다 자기가 본질적이라고 느끼고 있는 성공을 바랐을 게요. 그 사람은 자신과 싸워 가며, 작업을 고집스럽게 끌고 갔소. 자연이나 풍경을 묘사할 때도 그 대상을 지독히도 복잡한 우회로 받아들인 거요. 푸른 사과들이 뒹구는 자기 화실에서 우왕좌왕하거나, 절망에 휩싸여 공원에 앉아 사방을 둘러보기도 했소. 그의 눈앞에는 그 작은 도시의 교회들이 무심하게 펼쳐져 있었소. 그 도시는 얌전하고 착한 시민들의 도시였고, 그와 같은 사람에겐 어울리지 않는 도시였소.

그는 자기 아버지와 마찬가지로 처음에는 모자를 만드는 장인이었지만, 자기는 다른 사람이 되리라는 것, 끝내는 보헤미안이 되리라는 사실을 자기나 자기 아버지도 믿고 있었다오. 어느 곳에나 정착할 수 없는 예술가의 신세가 비참하다는 것도, 그러다가 결국은 비참하게 일생을 마치리라는 사실도 그의 아버지는 알고 있었소. 그렇기 때문에 아버지는 아들을 위해서 모든 것을 바치기로 작정한 후 금융업자로 직업을 바꿨던 거요. 세잔 자신의 말처럼, 그 아버지는 성실하고 정직한 분이었으므로 사람들은 모두 그분에게 돈을 맡겼다오. 세잔이 뒷날 아무런 걱정 없이 조용하게 그림만 그릴 수 있었던 것은 모두 그 아버지의 배려 때문이었소. 그가 어머니를 사랑하지 않은 것은 아니었지만, 그때 그에게 있어 일은 무엇보다 중요했기 때문이라오.

그는 곧 파리에서 유명해졌고, 그의 명성은 점점 더 높아 갔소. 그러나 자신이 애써 얻으려 하지 않은 그런 출세에 대해 그는 불신을 지니고 있었다오. 출세란 언제나 다른 사람들이 시켜주는 게 아니겠소? 그의 추억 속에는 언제나 어린 시절부터 고향 친구였던 졸라에 대한 영상이 있었소. 졸라는 모르고 있었지만 발자크는 이미 내다보고 있었던 거요. 그 화가에게서 지금까지 누구도 이루지 못했던 어떤 위대한 걸작이 나오리라는 사실을 말이오.

밤새 갈등과 고통으로 괴로워하던 노화가는 아침이 되면 다시 정신을 차려 6시면 벌써 일어나 시내를 가로질러 화실로 가서 10시까지 일을 하다가 다시 식사하러 돌아오고, 식사가 끝나면 화실로 되돌아가곤 했다오. 어떤 때는 화실을 지나쳐 30분 정도 더 걷기도 했지. 성 빅토리아 산이 우뚝 솟은 계곡에 앉아 여러 시간 동안 주제를 찾느라 고심하기도 했다오. 때로 그의 말투에는 로댕을 생각나게 하는 점이 많았다오. 그의 옛 도시가 파괴되고 일그러진다고 투덜거릴 때 특히 그러했소. 로댕이 자기를 어떤 객관적인 강건함으로 이끌어 간 반면, 병들고 고독한 그 노인에겐 분노만이 존재했다는 것이 다를 뿐이오. 밤이 되면 화가는 집으로 돌아오면서 무언가 변한 도시에 대해 격노했고, 그런 분노 때문에 자신이 지친다는 것을 깨닫게 되면서 스스로 다짐했다오. 집에만 있겠다, 일만 하겠다, 하고 말이오.

그는 그 작은 도시의 그런 변화 때문에 결국은 그곳을 떠나야 겠다고 결심을 하게 되었소. 점점 더해 가는 세상의 불분명한 변화와 무관심, 비웃음, 무서움에 떨면서도, 이 노인은 갑자기 일에 파묻혀 40년 전에 파리에서 그렸던 옛날 스케치에 의해 나체화를 그렸다오. 그 소도시 엑스에서는 모델을 구할 수 없다는 사실을 알았기 때문이오.

그는 이렇게 말하고 있소. 기껏해야 50대의 모델이나 구할 수 있겠지. 이 도시에선 내가 찾는 모델은 절대로 얻을 수 없다는 것을 나는 알고 있단 말이야……. 그래서 그는 옛날에 그려 놓은 스케치를 따라 그렸던 거요. 가정부 프레몽 부인이 어느 날엔가 잊고 그냥 둔 사과 한 알이 침대 위에 놓이고, 그가 방금 찾아낸 포도주병 한 개가 그 사이에 세워졌소. 그리고 반 고흐처럼 이러한 것에서 그의 작품을 제작한 거요. 그리고 그것들을 정복해서 온 세계와 모든 영광을 의미하도록 아름답게 그려 내는 거요. 그러면서도 그것들이 자기를 위하게 될지는 모르고 있다오. 그리곤 그 늙은 개……. 일에 굶주린 그 늙은 개는 정원에 나와 앉는 거요. 일이 다시금 그 개를 불러내 때리고 굶주리게 할 때까지 말이오. 그런데도 개는 이해할 수 없는 주인에게 충성을 바쳤다오. 그 주인은 일요일에야 겨우 옛날 주인처럼 하느님에게로 잠시 동안 보냈다가 다시금 끌고 가는 거요. 밖에선 사람들이 세잔을 부르고, 멀리 파리에서는 친구들이 그의 이름을 쓰면서 자랑을 하고 있다오.

나는 이 모든 얘기를 당신에게 들려주고 싶었소. 그것은 여러 가지 점에서 우리와 비슷하며, 공통점이 수백 가지도 넘기 때문이오.

지금 밖에는 비가 세차게 내리고 있다오. 내일은 다시 내 소식을 전해 주겠소. 내가 오늘도 역시 내 얘기를 했다는 사실을 당신은 알고 있겠지…….

1907년 10월 10일, 파리에서

그동안 나는 다시 세잔의 전시회에 갔소. 어제 편지를 보았다면 당신은 아마도 내가 그러리라는 짐작을 했을게요. 오늘도 그림을 한 점 한 점씩 감상하면서 두 시간이나 보냈소. 내게는 그 그림들이 도움이 되는 것 같구려.

당신에게 그 이유를 설명해 주겠소. 딱히 뭐라 설명할 수는 없겠지만, 세잔의 그림을 두세 점 잘 골라 감상하면 그의 그림 전부를 이해할 수 있다오. 그렇게 되면 어떤 그림을 본 내가 왜 그다지도 거기에 미쳐 있는지를 알게 되는 거요. 그러나 그

렇게 되기까지는 오랜 시간이 필요하다오. 그 그림들이 전에는 무명 화가의 이름을 달고 거기에 진열되었을 때, 사람들이 얼마나 낯설고 불안해했을지 나는 경험으로 알고 있지. 그다음에는 오래 걸리지 않소. 갑자기 사람들은 올바른 안목을 갖게 되기 때문이오. 이렇게 설명하느니 차라리 당신이 이곳에 와서 직접 보는 것이 낫겠소.

마네의 그림이 놓여 있던 자리에 있는 나체화의 푸른 화폐 앞으로 걸어가 봐요. 그건 말로 설명할 수 없는 최고의 표현으로 이루어져서, 오랜 시도와 좌절 끝에 성공한 작품이오. 모든 수단과 방법이 동원되어 성공을 이룬 거요. 사람들은 거기엔 아무것도 없다고 생각하고 있소. 나는 어제도 오랫동안 그 앞에 서 있었소. 그런데도 세잔은 밑에서부터 다시 시작해야만 했던 거요.

다음에 소식을 전할 때까지 안녕.

1909년 12월 10일, 파리에서

루트의 생일 선물로 보내는 그림책은 정말 좋은 것이오. 처음에는 루트에게 너무 유치하지나 않을까 하는 생각이 들기도 했다오. 그림 밑에 설명하는 글이 너무 적었기 때문이오. 그러나 이 얼마 안 되는 글자도 아주 큰 글씨로 쓰여 있어서 책장을 넘기면서 그냥 읽을 수가 있다오. 정말 재미있소. 그래서 어제도 그걸 들여다보면서 한 시간이나 보냈다오. 오늘은 거기에 아주 푹 빠져 버렸소. 예를 들면 어린 요헨에 관한 것인데, 그 애는 놀이를 하다가 울면서 돌아가는 거요. 얼굴과 손과 에이프런 따위가 정말이지 슬퍼 보이오. 처음에 오리 한 쌍이 그 애를 만나서 놀리는 거요.

돼지라도 머리를 흔들고
피하면서 말하겠다
피! 요헨아, 넌 더럽구나
난 그렇게 더럽지는 않단다

그 책을 손에서 놓기가 어렵다는 사실을 당신도 금방 알 거요. 그림들도 아주 그럴듯해서 거기에 나오는 여러 가지 물건이 모두 루트의 것과 비슷하다오. 구두니 붉은 털을 댄 빨간 모자 따위가 그래요. 그리고 어떤 시 속에 나오는 어린 소녀는 이름도 같더군. 루트도 그 책을 좋아해야 할 텐데. 그 책은 예쁘게 포장되어 지금 파리에서 그곳으로 가고 있는 중이오.

어머니께서는 언제나 옷 때문에 내게 편지를 보냈었지. 그러나 나는 당신이 루트에게 손수건을 선물했으면 좋겠소. 그런 생각이 들지 않소?

M 백작 부인에게

1921년 3월 10일, 스위스의 베르크 성에서

벌써 오래전에 편지를 보내야 했는데, 부인의 편지를 받은 지 어느덧 두 달이나 지났습니다. 그러나 나는 견디기 어려운 중압감 아래 살고 있어서, 편지를 써 봐야 내용이 이상하게 되었을 것입니다. 오히려 이렇게 말할 수 있습니다. 부인이 미리 내다보고 나에게 경고해 주었던 일은 일어나지 않았습니다. 당신은 일을 할 때면 사람에게 덮쳐 오는 그 초조한 선택의 강박에 대해 내게 미리 경고해 주셨습니다. 그러나 그것이 아닙니다. 나를 위로하려고 당신은 이렇게 썼습니다. '당신의 작품은 그 작품이 나오고 싶어 할 때 나옵니다.' 그런데 새해 초에 그런 순간이 왔던 것입니다. 그러나 바로 그 순간에 사정이 달라졌습니다. 급박하고 어려운 사정이 생긴 것입니다. 그 사정은 내 전부를 필요로 했고, 어쩔 수 없이 모든 것으로부터 손을 떼야 했습니다. 이제 막 시작하려는 때였고, 이곳 사정이 말할 수 없이 좋아져서 모든 준비를 갖추고 있는 때였는데 그렇게 되었습니다. 불운입니다. 뮌헨에서 내가 막 일을 시작하려고 했던 그 당시와 다름없는 불운입니다. 그러나 그 당시에는 그에 대한 반발로 나 자신을 생각해 보거나 정신을 집중할 계기가 되었으나 이번에는 그렇지도 못합니다. 너무나 지독스러워서 아무리 거부해 봐야 소용도 없답니다.

누구나 살아가면서 결국은 갈등을 겪게 마련입니다. 그 갈등은 언제나 다른 모습으로 엉뚱한 곳에서 나타납니다. 그러나 지금 내 갈등은 순수한 의미에서 일과 생활과의 화해를 어떻게 이룩할 수 있을까 하는 것입니다. 예술가의 일이 문제시된 곳에서는 어느 곳이든 이 두 개의 방향, 일과 생활이란 방향이 서로 나누어지게 마련입니다.

대부분의 사람들은 생활을 가볍게 받아들여 스스로 도움을 받습니다. 말하자면 생활이란 손으로부터 자기가 필요로 하는 것만을 빼앗거나, 생활의 가치를 술 취한 상태로 만들어 그 몽롱한 영감을 재빨리 예술 속으로 옮기면서 말입니다. 또 어떤 사람들은 생활로부터 몸을 돌리는 것 외에는 별다른 방법이 없습니다. 욕망을 누르는 방법이죠. 이 수단은 생활이 예술에 유리하도록 탐욕스러운 사람들이 쓰는 술 취함의 수단보다는 훨씬 더 순수하고 진실합니다. 그러나 이것 역시 생각할 필요가 없습니다.

　근본적으로 따져 보면, 내 창작품은 삶에 대한 직접적인 감탄과 그것에 대한 일상적이고 무한한 놀라움에서 나오는 것이므로, 나는 나에게 다가오는 것을 언제나 받아들여야 합니다. 그렇지 않고 내가 어떻게 작품을 쓸 수 있겠습니까? 나에게 다가오는 것을 거부한다는 것도 결국은 예술 속에서 엄격하게 표현되어야만 합니다. 예술이란 비록 숨어 있기는 하지만 그런 거절을 통해 많은 이득을 보고 있습니다. 그러나 일상에서 오는 것을 거부하고 삶에 대해 불신과 겁먹은 태도를 갖는다면, 예술이라는 그 민감한 영역에서 누가 마음을 터놓고 긍정할 수 있을까요? 이렇게 해서 사람들은 비록 느리기는 하지만 생활이란 것을 배우는 것입니다.

　로댕은 일생 동안 그것을 생각했습니다. 가끔 아침 5시에 그분이 정원에 서 계신 것을 보았습니다. 그는 센 강의 가을 안개 위로 돌출한 언덕들을 생각에 잠겨 바라보곤 했습니다. 그리고 깊이 생각합니다. 무엇 때문에 나는 지금 이것을 한탄하는가? 이 아침은 무슨 의미를 가지는지……. 1년 뒤에도 그분은 그것을 몰랐고, 알 도리도 없었으며, 그럴 수도 없었습니다. 그분의 정신적 수준에 훨씬 더 못 미치는 영향과 운명이 온갖 혼란으로 그분을 에워싸고 있었기 때문입니다. 그런 상황에서는 어떤 훌륭한 것도 설명될 수 없을 것입니다.

나는 내 침묵에 대해서만 설명하고 싶을 뿐입니다. 내가 지금 어떤 상태에 빠져 있는지……. 당신의 우정에 대해 진심으로 감사를 드립니다.

당신의 릴케

1924년 8월 9일, 스위스의 뮈조트 성에서

부인이 나의 그 어려운 책들을 읽고, 그렇게 생생하고 직접적으로 이해해 주어서 무척 기쁩니다. 시가 지닌 피할 수 없는 난해함에도 불구하고 그것을 이해한다는 것은 어려운 일입니다. 그런 난해함은 시의 어두운 음색 때문이 아니라 엉킨 나무뿌리처럼 실마리가 숨겨져 있기 때문입니다.

부인이 아무 도움도 받지 않고 그렇게 많은 것을 이해할 수 있었기 때문에 우리 두 사람이 그렇게 애쓰던 우리의 재회가 이루어진 기분이 듭니다. 그러나 누가 그 비가와 소네트가 갖고 있는 예술적인 중심에까지 깊이 들어갈 수 있을지 그렇게 쉽게 단정할 수는 없는 일입니다. 창조하는 사람의 입장에서는, 무미 건조한 일상생활에서 자기 자신의 존재와 같은 본질을 느끼기가 어렵습니다. 그런 시들이 나왔다는 것은 일상생활이 갖는 주변적이고 평범한 것에서 벗어나는 것이며, 일상생활로부터 보다 큰 것과 쓸모 있는 것이 얻어지고, 자기도 어떻게 되는지를 모르는 채 시가 나온다는 것이기 때문입니다. 일단 그렇게 되고 나면, 사람들은 또다시 일반적이고 맹목적인 운명 속으로 빠지게 됩니다. 그러므로 위대한 예술의 성과는, 그 예술이 가진 최후의 성공에 도달할 수 있는 능력이 있는 사람을 위해서는 영예인 동시에 굴욕입니다.

물론 시는 우리에게 부족한 자유의 분위기를 자기 주위에 가지고 있습니다. 시는 이웃이 없습니다. 있다면 그 시와 똑같은 가치가 있는 다른 예술뿐입니다. 그러나 시와 다른 예술 사이에는 별이 반짝이는 하늘과 비슷한 커다란 공간대가 있습니다. 어마어마한 거리와, 보다 높은 질서의 보이지 않는 운동이라고나 할까요. 우리가 여태까지 자라온 질서를 파괴한 그런 놀라움 아래에서 모든 것은 어떤 상태로 남아 있습니다.

나는 때때로 생각해 봅니다. 얼마나 많은 자연스러운 것과 당연한 것들이 오늘날에는 나타나지 않고 있는지 모르겠습니다.

세계는 결함투성이이고, 우리가 호흡하고 있는 대기는 오염된 공기로 가득 차서 그럴까요? 정상적인 진행 과정을 통해 이루어질 수 있는 많은 것도, 이제는 이루어지려면 큰 노력이 필요합니다. 그런 세상은 너무나 뒤틀려 있습니다. 우리에게 당연히 나타나야 할 최상의 것도 이미 일그러졌기 때문입니다.

여름을 멋지게 보내기를 바라며, 진심 어린 우정으로.

당신의 릴케

파울라 베커에게

1900년 11월 5일, 슈마르겐도르프에서

내 주변에 있는 모든 것은 이미 준비를 갖췄으며, 당신이 내게 선사한 가을을 맞아들일 태세입니다. 풍요한 가을의 모든 것을 위해 자리가 미리 정해져 있습니다. 밤알로 엮어 만든 목걸이를 위해서도 그렇습니다. 단지 그 목걸이는 벽에 걸려 있는 것이 아니라 묵주처럼 되어 있어서, 나는 가끔 그것을 손가락으로 넘기곤 합니다. 사람들이 그런 묵주를 넘길 때에는 한 구슬

한 구슬마다 일정한 기도를 반복하도록 되어 있습니다. 나는 밤알을 넘길 때마다 당신과 클라라 베스트호프와 관련된 사랑스러운 것을 생각하면서 종교를 믿는 사람처럼 경건한 규칙을 흉내 내고 있습니다. 다른 것이 있다면 밤알이 너무 적다는 것입니다.

11월 초순은 내게 언제나 가톨릭적인 날들이며, 11월 2일은 영혼을 위로하는 날입니다. 이날 나는 16~17세가 될 때까지 항상 공동묘지의 낯선 무덤이나 친척과 선조들의 무덤 옆에서, 나날이 길어지는 겨울밤에 깊은 생각을 하면서 지냈습니다. 그럴 때 나는 이런 것을 생각했습니다. 우리가 살아가고 있는 시간이란 그 누군가가 죽어 가는 시간이며, 살아 있는 사람들의 시간보다 죽어 가는 사람들의 시간이 더 많다는 것입니다. 죽음이란 무한히 많은 숫자가 새겨진 글자판을 갖고 있습니다.

그런데 몇 년 전부터는 그날이 되어도 무덤을 찾지 않게 되었습니다. 다만 반제에 있는 하인리히 폰 클라이스트(1777~1811. 독일의 극작가·소설가)의 묘지를 찾을 뿐입니다. 그 사람은 11월 말에 야외에서 죽었습니다. 나뭇가지들이 떨어지는 텅 빈 숲속에서 두 발의 둔탁한 총성이 울려 퍼진 것입니다. 그 총소리는 다른 것과 거의 구별되지 않았을지도 모릅니다. 차이가 있었다면 좀 더 세차고 짧으며 긴박한 것이었다는 점일 겁니다. 그렇지만 고요한 대기 속에서는 온갖 소음이 비슷하며, 떨어지는 낙엽에 부딪혀 소리가 줄어듭니다.

이것은 당신을 위한 편지도 아니고, 나를 위해 쓴 편지도 아닙니다. 그것을 나는 알고 있습니다. 당신을 그리워하고 있습니다. 안녕!

당신의 R. M. R.

추신 : 다음에는 〈너 창백한 아가야, 매일 저녁…〉이라는 시를 베껴서 당신에게 보내 드리겠습니다. 만일 당신이 이 시를 갖고 있지 않다면 그 어디에도 없을 것입니다. 그것은 바로 지금 이 시간에 당신에 의해 생겨난 시이기 때문입니다. 클라라 베스트호프와 그녀의 자매 밀리와 헤르마에게 안부를 전해 주십시오. 그리고 이 편지에 대해 너무 화를 내지 마십시오. 곧 다른 편지들을 보내도록 하겠습니다.

엘리자베스 솅크에게

1909년 11월 4일, 파리에서

당신의 편지를 읽을 때마다 기쁨을 느낍니다. 그리고 언제나 곧장 답장을 쓰게 됩니다. 이번에도 역시 그렇게 하고 싶군요.

당신의 소질로 미루어 당신은 훌륭한 화가임에 틀림없습니다. 편지를 쓰면서도 당신은 모든 것을 위해, 순수하고 힘찬 기본색을 쓰면서 분명하게 표현하기 때문입니다. 그림은 그만두고라도 인생이란 것을 그 큰 기본 색상 속에서 단순하게 이해할 수 있는 당신의 능력이 내게는 오히려 다행스럽게 여겨집니다. 순수한 태양빛을 형성해 주며, 당신으로 하여금 그 태양빛의 통일과 열기 속으로 들어가게 하는 것은, 오로지 수정체처럼 모든 것이 하나로 뭉친 체험 때문인 것 같습니다.

당신의 여동생이 떠났다는 사실은 당신 이상으로 나를 감동시켰습니다. 당신은 아직도 그 영향을 받고 있군요. 서로 사랑하는 사람들은 서로를 필요로 하기도 전에 왜 이별을 해야 하는지 모르겠습니다. 아마도 어느 순간 그럴 만한 이유가 나타나기 때문이겠지요. 그렇지 않다면 함께 있다는 것과 서로 사랑한다는 것은 일시적인 것이 아닐까요? 그리고 긍정을 하든 부정을 하든 각자의 가슴속에는 이런 믿음이 숨어 있기 때문이 아닐는지요. 중심을 잃고 하느님에게 받아들여지고 조종을 받아야 할 때는 결국 어쩔 수 없이 고독하다는 믿음 말입니다.

각자의 마음속에서 이렇게 볼 수 있도록 해 주는 죽음의 시간도 결국은 우리의 시간이며 그것은 예외가 없습니다. 우리의 본질은 끊임없이 강하게 변화되고 있으며, 죽음이 지닌 어떤 새로운 것보다 결코 못하지 않습니다. 우리는 그런 이상한 변화를 보이다가도 어떤 특별한 시점에 와서는 어쩔 수 없이 서로의 길을 가야 합니다. 우리는 그런 순간에 서로를 포기하고 속수무책이 되어 그것을 돌이킬 수 없습니다. 지금 내가 이런 얘기들을 마치 내 문장이 의미하는 것이 얼마나 고통스러운지도 모르면서 외국어로 쓰듯이 쓸 수 있다고 해서 놀라는 것은 아닙니까? 그것은 이런 두려운 진리가 결국은 가장 결실이 풍성하며 우리에게 진실된 것이기 때문입니다.

  인간이 진리와 함께 있는 한, 진리는 결코 그 자신의 엄격한 고귀함을 잃지 않습니다. 사람들은 울면서 진리에 매달리고, 진리를 덮어 주며, 진리를 피하지 않는 법입니다. 진리가 가진 엄격함과 어려움에 대한 믿음이 나날이 쌓여, 사랑하는 사람들에게 필요한 고독의 감정으로 애인에게 향하게 됩니다. 그리고 슬픔과 눈물을 통해 부정한 일이 일어나지 않을 것이라는 것을 알게 됩니다. 심지어 사람들은 사랑이란 감정조차도 고독하게 서로 떨어져 있을 때만이 발전되고 완성시킬 수 있다는 사실을 깨닫게 됩니다.

인간은 서로 연관된 감정 속에서 자신의 마음을 사로잡아 커다란 즐거움을 가지려 합니다. 그리고 이별의 감정 속에서 사랑은 일상적인 것이 되며, 상대방에 대한 크고 대담한 욕구라는 문제를 끊임없이 만들어 내기 때문입니다. 서로 사랑하고 있는 사람들은 끝없는 위험을 자청하지만, 감정을 망가뜨리게 하는 작은 위험에 대해서는 안전합니다. 그들은 언제나 영원한 것을 바라고 기대하기 때문에, 아무도 상대방에게 부당한 짓을 할 수 없습니다. 그 반대로 그들은 서로에게 무한한 공간의 자유를 줍니다. 신을 믿는 신자들이 언제나 그의 가슴으로부터 가득한 신앙심을 불러내듯 말입니다. 지혜로운 애인은 조심스럽게 자신을 드러내지 않기 때문에, 개개인에게 깃든 신에 대한 사랑을 즐거움의 순간으로 이끌어 갈 수도 있습니다. 그러나 사랑의 본질로 볼 때, 그것은 여전히 일로서 남습니다. 너무나 어렵고 힘든 품팔이꾼의 일입니다.

 만일 당신이 관대하고 외롭지도 절망적이지도 않은 만족스러운 사랑을 얻게 된다면, 그런 사랑이 진정한 사랑이라는 사실을 알게 될 것입니다. 이제 내 결론은 여기서 끝나게 됩니다. 이것이 바로 서로 사랑하는 사람들이 서로를 떠나는 원인이 아닐까요?

 용서하십시오. 너무나 속 편한 말이 된 것 같군요. 이제 나는 당신을 느닷없이 냉랭하고 풀 한 포기 없는 산 정상으로 끌고 올라왔습니다. 그러나 당신의 질문에 대해 모든 관계 속에서 내가 대답을 하려면 나도 멀리까지 올라오지 않을 수 없었습니다. 모든 판단을 뛰어넘어 존재하는 관계 속에서 말입니다. 마치 우리를 이해하지도 않으면서 우리를 붙잡고 도와주고 있는 자연이 존재하듯이 말입니다.

 그곳에는 내가 알지 못하는 다른 어떤 것이 있습니다. 당신은 알고 계십니까? 어떻게 젊은 처녀가 얼굴도 모르는 병자를 간호하기 위해 정든 곳을 떠나 낯선 곳으로 갈 수 있습니까? 나는 그녀의 그 같은 행동에 아무리 경탄해도 부족할 것 같은 기분입니다. 그런 믿음 속에는 무언가가 있어서 나를 가로막고 있습니다. 그런 결심을 하게 한 것은, 죄 많고 불안한 우리의 시대 때문입니다. 생각해 보십시오. 박물관에 있는 위대한 그림들과 값비싼 예술품들이 어느 누구에게도 소속되지 않는다는 사실을 느낄 때 나는 점점 더 감동을 받게 됩니다. 물론 그런 예술 작품들은 모든 사람에게 속한다고 말할 수 있습니다. 그러나 그런 평범한 얘기에 도저히 수긍할 수 없군요. 나는 도대체 믿을 수 없습니다. 정말로 값있는 것들은 여러 사람의 손에 들어가야 합니까? 들판에서 향수병을 열 때 내가 어찌할 도리가 없는 것과 마찬가지입니다. 향수 냄새는 대기 중 어디엔가 틀림없이 존재하고 있겠지만, 흩날리어 쏘는 듯한 향기는 이미 우리의 감각에서 사라진 거나 다름이 없습니다. 내 얘기의 의도를 당신이 알고 있는지 모르겠습니다.

　당신이 생각하는 로댕은 가끔 나를 찾아오십니다. 물론 여전히 잘 지내고 계시지만, 그분의 얼굴은 몇 년 전에 당신이 처음 볼 때와는 많이 다릅니다. 지금은 가끔 피곤에 지친 얼굴을 보이기도 하고, 그분에게는 여태까지 찾아볼 수 없었던 슬픈 표정이 모여 있습니다. 뭐라고 표현해야 좋을지 모르겠습니다. 신들과 하늘까지도 그 속으로 빠져들었다가 결국은 돌아오는 고전적인 의미로서의 슬픔이라고나 할까요?

　당신이 가끔 카프리의 신부님을 만나고, 마음속으로 진지한 존재의 떨림을 느끼고 계시다니 기쁩니다. 그분은 언제나 내적으로 풍요한 발전을 하고 계시는 분이며, 당시 카프리에서도 정직한 사람들을 실망시키지 않으셨습니다. 그분은 쓰지 않고는 견딜 수 없다면서, 느끼지 않고서도 책 따위를 쓰는 분이 절대로 아닐 겁니다. 그런데 그런 필요성이 이제 현실이 되었습니다. 그 책이 언제 빛을 보게 될까 하는 것은 중요하지 않습니다. 출판할 수 없는 책이 쓰였다는 것보다는 소유할 수 없다는 사실이 내게는 가장 중요하고 결정적인 것으로 보입니다. 내가 아비뇽에서 지낸 얘기는 아직 하지 못했습니다. 그 성스러운 도시는 내게 여러 가지로 이상야릇한 인상을 주었습니다. 그러나 지금 다시 그 얘기를 시작할 수는 없을 것 같군요.

다시 한 번 어제의 편지에 대해 감사를 드립니다. 나는 진심으로 그것에 보답할 것이며, 언제나 성실하게 대해 드리겠습니다.

당신의 R. M. R.

릴리 칸니츠 메나르 백작 부인에게

1910년 9월 7일, 야노비치 성에서

부인이 나처럼 그토록 오랫동안 답장을 기다려서야 되겠습니까? 3일 전에 도착한 당신의 따뜻한 편지에 대해 우선 답장이라도 하겠습니다. 우리의 사랑하는 말테(《말테의 수기》에서)는 당신에게 즐거움을 주었으며 당신과 가까워졌습니다. 진작 그랬어야 했습니다. 언제나 그를 믿고 그에게 많은 것을 기대하고 있는 당신에게 그가 해 줄 수 있는 것은 당신이 생각하는 것 이상입니다. 나로서는 그 책이 이 세상에 존재하고 있다는 생각만 해도 안도의 숨을 쉬게 된답니다. 그 책은 마땅히 존재해야만

했고, 그렇게 되도록 할 의무가 나에게 있습니다. 내게는 선택의 여지가 없습니다.

이제 나는 일을 끝내고 난 뒤의 라스콜리니코프와 비슷한 기분입니다. 결과는 어떻게 될지 모르겠습니다. 내가 이 책을 썼다는 사실을 생각할 때 약간 무서워지기까지 합니다. 거기에 쏟은 정력이 얼마였던가 하고 나는 스스로에게 물어봅니다. 나는 예정대로 파리에 있었습니다. 매년 여름과 마찬가지로 일을 계속하려고 했으나 뜻대로 되지가 않았습니다. 그래서 나는 포기하고 말았습니다. 건강이 안 좋은 탓도 있었고 또 이런 이유도 있었습니다.《말테의 수기》는 큰 작품이었는데, 마치 아무 일도 없었던 것처럼 계속 써 나갈 수는 없을 것 같은 생각이 들었기 때문입니다. 말하자면 그 작품으로 인해 여러 가지 일이 생긴 것이죠.

얼마 전 나는 결심을 굳힌 후 파리를 떠났습니다. 몸이 불편해 4주일 동안이나 오버노이란트에서 클라라와 루트 곁에 있었습니다. 친구들이 나를 만나고 싶어 한다기에 보헤미아 쪽으로 가던 중이었습니다. 4주일 동안 프라하 건너편에 있는 라우트 신의 탁시스 백작 부인 댁에서 머물렀습니다. 약간 외진 그 성에서 세 명의 젊은이와 함께 생활했답니다. 최근에 홀몸이 된 자매들이었죠. 공원의 나무들 위로는 보헤미아의 대지가 수수하면서도 독특하고 친절한 모습으로 넓게 퍼져 있습니다. 인간에게 아무것도 요구하지 않는 부드러운 모습입니다. 나는 점차 이 지방의 관대함과 가축의 소박한 마음씨 같은 그 지방 특유의 친절함이 나를 매료시킨다는 사실을 알아차렸습니다.

나는 아직도 앞으로의 계획을 세우지 못하고 있습니다. 부인은 론도루프에 얼마나 오래 계시려는지요? 키싱겐 이후로 논나는 어떻게 지내고 있습니까?

클라라도 잘 있고, 루트는 이제 내게 귀여운 친구가 됐습니다. 우리는 이번 기회에 서로 더욱 견고히 맺어진 것입니다. 안녕히 계십시오. 변함없는 우정으로.

당신의 라이너 마리아 릴케

아델하이드 폰 마르비츠에게

1919년 9월 11일, 소리오에서

당신의 편지는 내게 여러 가지로 즐거움을 주었습니다. 우선 몇 가지만 얘기하겠습니다. 그중 하나는 우리가 지금 무엇보다도 상대방에게 다음과 같은 사실을 알려 준다는 즐거움입니다. 사람들은 어디에서나 그들의 마르지 않는 마음과 신념, 최선의 노력으로 삶을 다시 세우기 시작했다는 사실입니다. 외로움으로 세상을 바라보는 사람은 다른 많은 사람처럼 강하고 맑은 자연 속에서 마음의 준비를 한 채 미래를 향해 발전해 나가는 것입니다. 우리는 희망으로 미래를 변화시킬 뿐만 아니라 과거까지도 우리 내부에서 변화시키고 슬픔으로 사그라지게 만듭니다. 그러면서도 우리는 그 슬픔의 정체가 어떤 것이며, 우리의 혈액 속에 얼마나 녹아 있는지를 모르고 있습니다.

 죽음이란 결코 살아남은 자에 대한 삶의 어떤 방해물이 아닙니다. 죽음의 본질은 결코 우리와 대립적인 것이 아니고, 오히려 눈에 보이는 순간을 살고 있는 우리보다는 아는 것이 많은 존재이기 때문입니다. 저는 언제나 이런 생각을 가지고 있습니다. 죽음은 그것이 갖는 두려운 압력으로 인해 한 가지 의무를 지니고 있습니다. 우리가 그 죽음을 뛰어넘어 보다 수확이 많은 삶을 살아가도록, 우리로 하여금 삶의 심오한 곳까지 내려갈 수 있도록 해야 할 임무를 말입니다. 나는 일찍이 이런 경험을 얻었으며, 그런 경험은 나로 하여금 괴롭지만 다음과 같은 사실을 다시 믿도록 했습니다. 즉, 이 세상에서의 삶은 우리에게 한 번만 주어진 것이며 우리가 원하지 않는 것인데도 강요된 것이다,

우리는 우리에게 일어나는 모든 것을 변화시켜서 삶과 새롭게 가까워져야 하며 그것을 믿어야만 한다……. 삶을 이해하고 죽음과 마주치지 않으려면 우리는 도대체 어디로 몸을 돌려야 할까요? 그리고 신에 의해 우리에게 주어진 것을 찬미해야 할 의무를 우리가 어떻게 피할 수 있겠습니까? 만일 내가 당신의 활기에 찬 즐거운 말들을 이런 의미로 이해한다면, 나는 그 속에서 당신을 완전히 알게 되는 기쁨을 갖게 된 것입니다. 나는 이미 오래전에 당신이 그런 놀라운 발전을 이루리라는 사실을 알고 있었습니다. 그런데 정말로 그런 놀라운 발전이 나타났습니다. 이제야 나는 자랑과 만족감을 느낍니다. 당신이 예전에 보내 준 편지 속에서 이미 나는 당신이라는 사람을 옳게 알아보았다는 뜻입니다.

　오랜 세월의 어린 시절과 젊음을 통해, 당신이 이제 고향처럼 된 곳에서 새롭게 살아갈 수 있는 땅을 찾을 수 있다는 사실, 그리고 그 땅 위에서 의무감으로 자기가 원했던 일을 하게 되면서 다시 행복을 느낀다는 사실, 일상생활의 따뜻함으로 숨 쉬는 생명감을 느낄 수 있다는 사실은 실로 대단한 것입니다. 그리고 앞으로도 모든 일이 변하지 않고 그대로 계속되기를 친구로서 바랄 수 있다는 것도 즐거운 일입니다. 앞으로도 그렇게 계속될 것임에 틀림없습니다. 당신의 젊음과 순수한 의지로 당신이 그토록 용감하게 시작한 그 길의 자연스러움이 그것을 보장하고 있습니다. 그런 극복이야말로 가장 아름답고 영광스러운 용기이기 때문입니다. 그리고 당신은 이미 당신의 내부로부터 보답을 받고 있다는 사실도 알고 계십니다.

당신의 얘기를 듣고 나도 공감할 수 있었으므로 이제 내 영혼을 통해 그것을 되돌려 드림으로써 거기에 보답하려고 합니다. 당신에게 모든 것을 주고, 또 당신에게서 모든 것을 받을 수 있다는 것이 얼마나 기쁜 일인지 모르겠습니다.

내가 지금 하고 있는 일은 여전히 부진합니다. 작년에 덮은 흙더미에서 새로운 싹과 잎이 돋아나지 못하는 것은 오로지 내 잘못입니다. 물론 어디에선가 싹이 돋아나기는 하겠지요. 그러나 겉은 아직까지도 쓰레기와 황무지뿐입니다. 나는 어디에서든 당장 다시 시작하고 싶은데 그렇게 되지가 않습니다. 내가 지금 그런 사실을 알고 있으면서도 독특한 도움을 약속한다고 해서 내가 까다롭게 구는 것은 아닙니다. 나는 자그마한 낡은 정원이라도 가지고 싶습니다. 그런 곳에서 자연과 또 과거의 소리를 내는 몇 가지 사물과 더불어 숨어 있고 싶기 때문이지요. 그런 도움 없이는 내 내부에 숨어 있는 자연에서 나타나게 될 영감도 솟아나지 않을 것이며, 또 그 속에서 새로운 샘물이 솟아나지도 않을 것입니다. 나는 가끔 당신의 오빠인 바니와 그런 필요성에 대해 얘기를 나누기도 합니다. 그가 나를 진심으로 이해하고 있다는 것이 나로서는 놀랍기만 합니다.

안녕히 계십시오. 여건이 허락할 때까지 나는 이곳 스위스에 머물 예정입니다. 다시 편지 주세요. 지금의 주소로 보내시면 됩니다.

릴케

베르타 프람에게

1925년 12월 9일, 스위스의 뮈조트 성에서

존경하는 부인!

부인의 편지가 방금 도착했습니다. 편지를 보내 주셔서 감사합니다. 특별한 권리나 기쁨은 사람들이 생각하듯 그렇게 쉽게 얻어지는 것이 아닙니다. 우리가 그 기쁨을 받아들일 능력이 부족하기 때문에 혼란한 시대에는 이미 변질되었을지도 모르는 인간과 인간 사이의 부정확성이 점점 커지게 마련입니다. 결국 받아들이는 사람의 경우에 따라서, 받아들이는 능력이 보다 절실한 변화를 요구하기 때문입니다.

  내 책 몇 권이 고향을 다시 찾은 어려운 처지에 있는 한 사람에게 도움을 줄 수 있었다는 사실은, 부인의 아드님을 위해서나 그분을 위해 그 책이 갖는 의미 이상으로 훨씬 다행스러운 일입니다. 그 사람은 그 책들을 거부하고 자기 속으로만 가라앉을 수도 있었을 일이 아닌가요. 그러나 그분은 마음으로부터 승리를 확신했으며, 어렵고 소중한 승리를 얻게 되었습니다. 승리라는 것은 의문과 고통의 삶을 극복하고 순수함을 인정하는 것이 아닐까요? 그것이 바로 승리가 아니고 무엇이겠습니까? 그것은 확실한 성과를 위해, 그 싸움을 도와준 그 사람과 부인, 그분의 어머니, 형에게 보답을 해 줄 것입니다. 그 사람의 마음과 영혼의 순결한 접촉이 구원을 받은 것 같으므로 그 사람의 모든 관계의 기준은 이제 독특하면서도 개인적인 것이 될 것입니다. 어느 순간이 되면, 일반적이고도 손쉬운 방법으로 살아가는 사람들을 훨씬 능가하게 되겠지요. 여러분에게, 특히 그 병자에게 쓰는 이 몇 줄의 편지는 그분의 경험을 반복하는 것에 지나지 않을 것입니다.

  그분과 부인에게 안부를 전합니다. 우선 책을 한두 권 보내 드리고 싶지만, 너무 바쁜 나머지 그 책들이 어디에 있는지 찾아볼 겨를조차 없었습니다. 먼저 이 편지라도 빠른 시간 내에 부인에게 도착되기를 바랍니다.

R. M. R.

게르트루트 이솔트에게

1905년 7월, 베를린에서

지금 내 얘기는 별로 하고 싶지가 않군요. 내 마음속에는 아련하게 들려오는 소리와 파도와 같은 어떤 움직임이 있다오.

나는 지금 정원을 절실하게 원하오. 당신에게 꽃과 과일을 보내고 싶기 때문이오. 그리고 내가 만일 부자라면 당신께 애완견을 보내, 그 개가 당신을 쳐다보며 당신 곁에 있게 하고 싶소. 그러나 나는 가난하니 어쩌겠소.

안녕!

라이너

시조 백작 부인에게

1923년 1월 6일(8일?), 현현절(顯現節)
스위스의 뮈조트 성에서

경애하는 백작 부인!

며칠 전, 지난여름에 보내 주신 부인의 정겨운 편지를 다시 한 번 읽었습니다. 내가 무엇 때문에 부인의 그 친절한 편지에 대해 이토록 오랫동안 답장을 하지 못했을까 하는 이상한 생각이 들더군요. 그러면서도 그 즉시 편지를 쓰지는 않았습니다. 작품이나 편지 등 무언가를 쓸 때는 항상 그렇지만, 쓰고 나면 내 펜은 언제나 억지로라도 휴식을 취하려고 하는 것만 같습니다.

그리고 내 자신도 마찬가지입니다. 일을 하고 나면 매번 공허감이 뒤따르곤 합니다. 텅 빈 것은 아니지만 자신이 가지고 있던 힘이 변하고 사라져 버려서, 내 자신이 그 힘을 쓰려고 하면 즉시 없어져 버립니다. 그리고 마음속에 있는 다른 힘에 대해서는 살펴볼 엄두도 나지 않습니다. 그리하여 내가 진정 무엇을 하고 싶어 하는지도 모릅니다. 그것은 일종의 망설임의 시기이며, 서서히 자기를 돌아보는 시기입니다. 그럴 때는 내 자신과 얘기하는 것조차 싫어합니다. 그러나 내가 말하는 그런 긴장감이나 강박감마저 없다면 어떻게 될까요? 예전 같으면 그런 순간에는 대개 어떤 외적인 변화가 찾아왔습니다. 그런 외적인 변화는 휴식과 마찬가지로 새로운 시작을 위해서는 큰 도움이 되어 주었습니다. 어쩌면 이번에도 그런 외적인 변화가 찾아올지도 모릅니다. 그래서 나는 뮈조트 성을 떠나고자 결심했습니다. 다시 파리에 가고 싶기도 하고, 내게는 아직 낯선 우리 가문의 고향 케른텐을 방문해서 머무를 수 있는지 한번 알아보고도 싶었습니다. 14세기쯤의 것으로 여겨지는데, 우리 가문의 문장들이 최근 크라겐후르트에 있는 종가에서 다시 발견되었다고 합니다. 내가 우리 가문의 마지막 자손이라서가 아니라, 우리가 전설처럼 떠나온 그곳에서 당분간만이라도 머무르는 것이 가능할까 해서입니다.

그러나 그렇게 하기에는 많은 난관이 있어, 결국 이번 겨울에는 뮈조트 성에 그대로 머물기로 했습니다. 이곳 생활이 전보다 훨씬 더 풍성한 열매를 맺게 되기를 바라고 있습니다. 나는 즉시 여러 가지 번역을 시작했습니다. 모르긴 해도 앞으로 조용한 몇 달 동안은 그 일로 바쁘게 될 듯하며, 건강만 허락된다면 틀림없이 진전이 있을 것입니다. 언제나 모든 작업이 끝난 후에는 건강이 악화되기 일쑤이기 때문입니다.

이제 내 얘기는 전부 한 셈입니다.

경애하는 백작 부인!

그런데 부인의 지난번 편지는 너무 직접적이고도 예기치 않은 슬픈 소식이었기에 무슨 말을 해야 할지 모르겠습니다(1922년 부다페스트에서 시조 부인의 모친이 작고한 소식). 그러나 부인에게 그것이 너무나 절실한 아픔이었기에 나는 오랫동안 입을 다물어야 했습니다. 그러다가 이제야 다시 얘기를 꺼내게 된 것입니다. 그렇게 함으로써 내가 당신에게 보내는 따뜻한 위로의 말이 어떤 막연함에서 나온 것이 아닌, 당신이 아주 자연스럽게 느끼도록 말입니다. 그러면 부인은 그런 위로의 말을 해 주는 사람이 누구이며, 지금 어떤 상태에 있는지를 더욱 절실하게 느끼게 될 것입니다. 말로, 어떻게 말로 위로가 될 수 있겠습니까. 나는 지금도 확신하지는 못합니다. 또한 부인이 겪은 것과 같은 그런 갑작스럽고도 큰 슬픔에 대해 위로를 받을 수 있다거나 또 그렇게 되어야 한다고는 믿을 수 없습니다.

'위안을 받을 자에게 저주가 있을지어다'와 비슷한 말을 마리 레누르(프랑스의 여류 작가)가 용기 있게 말한 적이 있습니다. 위로라는 것은 따지고 보면 마음을 잃어버리는 것의 한 형태이며, 그 깊은 곳에는 경솔함과 무의미함이 자리하고 있는지도 모릅니다. 시간 또한 그렇습니다. 사람들이 겉으로 말하듯, 시간은 절대로 위로가 될 수 없습니다. 시간은 기껏해야 정리를 해 줄 뿐이며, 질서를 부여해 줄 뿐입니다. 그리고 시간이 조절하고 있는 질서라는 것은, 우리가 뒷날 너무나 소홀히 대할 부드러운 질서가 우리를 슬프게 하지 않는다는 이유만으로 우리를 망각이나 나약함으로 이끌어 갑니다. 그러나 우리의 본능은 그런 슬픔에 대해 위로를 받고 싶어 하지 않습니다. 그리고 그것은 그 슬픔이 갖는 독특함과 영향력을 우리 삶의 테두리 안에서 경험하고 싶다는 우리 모두의 고통스러운 호기심임에 틀림없을 것입니다. 그렇습니다. 우리는 그 슬픔의 의미와 어려움으로 내적 세계를 풍만하게 하기 위해 어느 정도는 욕심을 부려야 합니다. 그런 슬픔이 절실하게 닥쳐올수록, 우리가 잃어버린 것 중에서 새롭고 독특하며 영원한 것을 자기 재산으로 받아들일 의무가 있는 것입니다. 그렇게 함으로써 슬픔에 달라붙어 있는 모든 부정적인 것, 또한 슬픔의 일부라도 없애 주는 굳어진 부드러움을 바로 극복할 수 있게 됩니다. 그런 슬픔이야말로 내적으로 작용하는 가장 힘찬 괴로움이며, 우리가 노력해 볼 만한 가치가 있는 슬픔입니다.

나는 기독교적인 미래의 세계를 좋아하지는 않으며, 관념으로부터 점점 멀어져 가고 있습니다. 그렇다고 해서 이해해 보려는 생각이 전혀 없었던 것은 아닙니다. 물론 그 주장은 모든 종교적인 다른 이론들처럼 그 나름대로의 권리와 의견이 있을 것입니다. 그러나 내가 생각하기에 그런 주장들은 우리로 하여금 이미 멀어져 간 사람들을 가까이하지 못하게 할 위험성이 있을 뿐만 아니라, 자칫하면 이 세상에서 떠나고 싶다는 마음을 갖게 하여 우리를 다음 세상도 이 세상도 아닌 어중간한 상태에 빠뜨릴지도 모릅니다. 우리가 이 땅에 살고 있는 한은 나무와 꽃, 대지와도 가까이 지내면서 순수한 삶을 살아가야 하지 않을까요! 그렇습니다. 그러면서도 항상 만들어 가야 합니다. 이미 죽어서 사라진 것도 내 마음속으로 스며들었습니다. 내가 이미 사라진 사람을 찾을 때마다 그 사람은 내 내부에서 독특하고 이상한 모습으로 나타나곤 합니다. 그리고 그 사람이 아직까지 내 마음속에 남아 있다는 생각만 해도 가슴이 벅차오릅니다. 나는 내 모든 정열을 바쳐서 마음속에 있는 그 사람의 존재를 보다 깊게 하고 영광스럽게 하려 애를 씁니다. 그럴 때는 사라진 그 사람이 내 마음에서 우세해집니다. 그렇지 않으면 슬픔이 내 마음을 덮쳐 폐허로 만들지도 모릅니다.

나의 어린 시절, 내가 어려움을 당했을 때 아버지를 사랑했던 기억이 나는군요. 어린 시절에는 생각이 자주 뒤엉켜 아버지가 언젠가는 세상을 떠날 것이라는 생각만으로도 가슴이 얼어붙곤 했습니다. 내 존재는 아버지에게 철저하게 속해 있어, 아버지가 죽는다는 것은 바로 내 파멸을 의미했던 것입니다. 그러나 사랑의 존재 안에도 죽음은 너무나 깊이 숨겨져 있기 때문에 죽음은 결코 사랑과 반대되는 것이 아닙니다. 결국 죽음은 우리가 마음속에 지니고 있는 것이 될 수도 있으며, 바로 우리 마음속으로 숨어들 수도 있습니다. 우리 마음속이 아니고서는 죽음이란 사랑하는 존재가 갖는 이념과 그 끝없는 작용이 어디에 살 수 있겠습니까? 그리고 그 비밀스러운 작용이 우리의 내부보다 더 완전한 곳을 찾을 수 있을까요? 그 작용이 우리 자신의 목소리와 일치될 때보다 그 소리를 우리가 더 잘 들을 수 있을까요? 마치 우리 마음이 새로운 언어, 새로운 노래, 새로운 힘을 배우듯 말입니다.

나는 모든 현대적인 종교가 신자들에게, 죽음을 참아 가며 죽음과 화해한 다음 죽음의 공포를 이해시키기보다는 오히려 죽음의 겉치레나 위로만을 앞세우기 때문에 종교를 비난합니다. 죽음이 몰고 오는 공포는 너무나 무시무시하기 때문에 그것은 거대하고 순수하게 부드러움의 끝과 맞닿아 있습니다. 그것에 비하면 모든 위안이라는 것은 얼마나 애매합니까? 따뜻한 봄날에도 그런 부드러움은 느끼지 못할 것입니다. 이런 심오한 부드러움을 경험하기 위해서는 우리네 삶이 갖는 모든 관계를 점차 이해한 후 투명하게 만들 수 있어야 합니다. 지금까지 인류는 그렇게 풍요롭고 건전한 부드러움을 체험하기 위해 아직 한 걸음도 내딛지 못했습니다. 그러나 그 신비는 지금 우리에게서 완전히 사라진 태초의 인류에게만은 예외였습니다. 나는 확신하고 있습니다. 그들이 전하는 비밀의 내용도 바로 죽음이란 단어를 부정적으로 읽지 않도록 하는 열쇠를 전달하는 것입니다. 마치 달[月]처럼 우리 삶도 언제나 눈에 보이지 않는 이면을 지니고 있습니다. 그 부분은 결코 삶의 반대편이 아닌, 전체를 보충하는 부분이며 완성된 존재의 일부입니다.

우리의 힘이 죽음이라는 경험을 참기 어렵다고 해서 두려워할 필요는 없습니다. 죽음을 가장 가까운 것으로 여기든 가장 무서운 것으로 여기든 죽음은 결코 우리의 힘을 능가하지는 못합니다. 죽음은 그릇 가장자리에 있는 마지막 선(線)입니다. 우리가 그 선에 도달하기만 하면 우리 안은 가득 차게 되지요. 가득 찬다는 것은 바로 어렵다는 뜻이며, 전부라는 뜻입니다. 죽음을 사랑해야 한다는 뜻은 아닙니다. 그저 우리는 계산이나 어떤 선택 대신 삶을 있는 그대로 관대하게 받아들여야 한다는 것입니다. 그렇게 함으로써 삶의 반대편에 놓인 죽음과도 하나가 될 수 있으며, 또 죽음을 사랑할 수도 있게 될 것입니다. 그러나 끝도 없고 구분도 할 수 없는 사랑의 거대한 움직임 속에서 실제로 어떤 일이 벌어지고 있습니까! 언제나 우리는 죽음을 갑자기 의식하기 때문에 그것은 점점 우리에게 낯선 것이 되고,

또 우리가 그것을 낯선 것으로 취급했으므로 죽음을 적(敵)으로 만든 것입니다.

죽음은 삶보다 훨씬 더 우리 곁에 가까이 있는 것은 아닐까요……. 우리가 죽음에 대해 알고 있는 것은 무엇입니까? 죽음과 삶의 통일을 전제로 하는 일에 우리는 노력해야 합니다. 우리가 죽음과 대립되어 있다고 가정하면, 그런 생각으로는 죽음이란 문제를 절대로 해결할 수 없습니다. 내 말을 믿으십시오, 경애하는 백작 부인. 죽음은 우리 친구인데, 우리의 자세나 혼란 때문에 우리를 배반하는 친구는 절대로 아닙니다. 삶은 언제나 긍정과 부정을 동시에 말하지만 죽음은 원래 긍정만 있습니다. 내 말을 믿어야 합니다. 죽음은 긍정만을 말합니다. 영원히 그렇습니다.

《잠자는 나무》를 생각해 보십시오. 그것은 정말 내 마음에 들었습니다. 그리고 다른 그림들과 그 밑에 쓰인 설명문을 생각해 보세요. 부인은 이 세상에 두 가지의 다른 면이 있다는 것을 알고 계셨고 긍정하셨습니다. 수면과 각성, 밝음과 어두움, 소음과 침묵……. 이런 온갖 대립적인 존재로 보이는 것들은 어디서나 결국 한 점으로 어우러지며, 어느 지점에 이르러서는 하나로 되어 결혼 행진곡을 부르게 됩니다. 그곳은 어디일까요? 그곳은 바로 우리의 마음입니다.

언제나 변함없는 릴케

1923년 4월 12일, 뮈조트 성에서

경애하는 백작 부인!

이제는 부인이 지난주에 보내 주신 두 차례에 걸친 편지에 답장을 해야 할 때가 된 듯합니다. 우선, 3월 10일 편지에서 보여 주신 부인의 친절과 우정에 감사드립니다.

내 말을 믿어 주십시오. 나는 그 편지를 읽고 또 읽었습니다. 왜냐하면 조금이나마 부인을 가까이 느끼고 싶었고, 또 부인의 괴로운 처지를 확실히 이해하려고 했기 때문입니다.

부인의 슬픔은 바람도 미치지 못하는 구석까지 파고들 수 있기에 그 슬픔은 무한히 깊습니다. 대부분의 사람들은 슬픔에 대한 불신 때문에 도저히 거기까지는 이르지 못합니다. 당신의 슬픔은 육체 속으로 파고들어 슬픔의 끝을 경험할 수 있기에 진실한 것입니다. 슬픔의 한끝은 정신적인 것으로, 거기서는 슬픔이 우리를 압도해서 우리는 그 슬픔을 고요함이나 휴식, 자연의 중간 휴식으로 받아들이게 됩니다. 그리고 다른 쪽으로 넘어가면 그곳에서는 슬픔이 육체적인 고통이 되어 신음 소리를 내는 어린이의 아픔처럼 됩니다. 그러면서도 자기 존재의 조화 속으로 이끌려 들어갈 수 있다는 것은 놀라운 일이 아닙니까? 당신은 이런 근본적인 고통을 겪고 난 후에는 다시는 치명적인 슬픔이 나타날 리 없다는 듯, 지금 겪고 있는 슬픔을 그렇게 여기고 있습니다. 나는 가끔 내 자신과 대화를 나누곤 합니다. 그런 것은 일종의 충동이며 순교자의 성스러운 지혜라고 말입니다. 순교자들은 큰 슬픔을 극복하기 위해 작은 슬픔 정도는 스스로 요구합니다. 슬픔은 육체적이거나 정신적인 것을 막론하고 크고 작은 통 속에 넣어져 삶의 구석구석까지 골고루 퍼져 있다가 어느 순간 한군데로 합쳐지기도 합니다. 이러한 모든 슬픔의 가능성을 한꺼번에 불러내 슬픔을 극복한 뒤에 무엇으로도 깰 수 없는 행복만이 남게 하려는 의도입니다.

당신이 겪은 슬픔의 그림자는 이제 당신 뒤에 있지만, 그것은 극복해야 할 하나의 과제입니다. 그렇습니다. 우리는 우리에게 닥쳐오는 온갖 슬픔을 승화시켜야 합니다. 어머니가 우리를 저버리게 되면 모든 보호도 사라지기 때문입니다. 그렇게 되면 무감각만이 남게 됩니다. 그러나 당신도 이미 느끼고 계시겠지만, 그런 무감각 대신에 이제는 보다 큰 힘이 당신에게 다가올 것입니다. 당신이 지금까지 느끼고 있었을지도 모르는 부드러움이 당신의 내부에서 꽃을 피우고, 점차 자신의 것으로 만들어 스스로 온몸에 나눌 수 있게 됩니다.

내가 당신에게 여러 번 말했듯이, 나는 일생 동안 작업을 통해 어디서나 옛날부터 내려오는 억압을 바꾸려고 노력해 왔습니다. 알고 보면 그런 억압은 우리가 전체로서 무한히 살 수 있게 하는 삶의 신비를 빼앗아 가고, 그 신비로부터 우리를 점점 더 떼어 놓습니다. 공포는 인간을 놀라게 만들고, 질식시켰습니다. 그러나 도대체 공포의 가면을 쓰지 않은 달콤함이 어디에 있단 말입니까? 두려움은 어디에나 존재하는 법입니다. 사실 삶 자체도 결국은 무서운 것이 아닐까요? 살아가며 생기는 무서움을 적으로 부정만 할 것이 아니라, 그 무서움은 바로 우리 것이며, 우리 마음으로는 이해할 수 없는 것이라는 믿음을 갖고 그 공포를 긍정하는 한, 우리는 행복해질 수 있다는 느낌을 가지게 됩니다. 그러나 삶이 지닌 그런 무서움을 강하게 부정하는 사람은, 결국 변두리로 쫓겨났다가 어떤 결정적인 시기가 되면 산 사람도 죽은 사람도 아니게 됩니다.

무서움과 행복은 신의 머리에 달린 두 개의 얼굴입니다. 나는 이 두 얼굴이 같다는 것을 증명하려 합니다. 각기 다른 두 개가 모여 하나가 된 이 얼굴은, 우리가 그것을 받아들이는 시각에 따라 모양이 달라집니다. 이것이 바로 내가 쓴 두 시집의 근본

이념이며 사상입니다. 그중 하나인《오르페우스에게 드리는 소네트》는 이미 부인께서도 가지고 계실 겁니다.

마침 부활절에 찾아온 친구에게 나는 그 시를 낭송해 주었습니다. 시를 읽을 때마다 조금씩만 설명을 해 줘도 시를 이해하는 데 큰 도움이 되기에, 시는 직접 낭송해 보는 것이 좋습니다. 나는 그 시를 읽으면서 부인을 생각했습니다. 책장을 하나하나 넘기면서 당신과 함께 읽고 싶었습니다. 한 편 한 편의 시가 지닌 그 강도를 당신에게 심어 주고 싶었기 때문입니다. 이제 나는 깨닫게 되었습니다. 비록 몇 군데는 말로 표현할 수 없는 신비에 싸여 있지만, 그래도 불분명한 시는 하나도 없다는 사실입니다.

전에도 부인에게 얘기를 했는지 모르겠습니다.《오르페우스에게 드리는 소네트》는 미리부터 계획하거나 기대하고 있던 작품은 아니었습니다. 그 시들은 대부분 하루 만에 쓰였습니다. 그래서 그 책의 일부는 약 3일 동안 이루어진 셈입니다. 작년 2월이었습니다. 그때 나는 다른 시《두이노의 비가》를 계속 쓰느라 온 정신을 집중하고 있던 때였습니다. 그러다 나는 내적인 충동에서 울려 나오는 목소리를 순수하고 고분고분하게 받아쓰지 않을 수 없었습니다. 정말 예기치 않은 충동이었습니다. 쓰면서 이 시구들이 베라크누우프의 모습과 어떤 관계가 있다는 사실을 점차 알게 된 것입니다. 열여덟 살 아니면 열아홉 살에 죽은 아가씨였습니다. 그녀가 어린아이였을 때 몇 번 보았을 뿐, 그녀와 나는 별로 친하게 지내던 사이는 아니었습니다. 미처 정리도 하기 전에 시들은 점차 베라의 모습을 닮아 갔고, 그녀와 얘기를 나누었으며, 그녀를 부르고 있었습니다.

그 예쁜 처녀는 당시에 겨우 춤을 추기 시작했는데, 그녀의 몸놀림은 타고난 춤 소질로 인해 모든 사람의 눈길을 끌었습니다. 그런데 그녀의 어머니는 딸이 이제는 더 이상 춤을 출 수가 없게 될지도 모른다고 설명했습니다. 그때는 바로 그녀가 사춘기를 벗어나는 시기였습니다. 그녀의 몸은 점점 이상해졌습니다. 부드러운 몸이 무겁고 딱딱해진 것입니다. 그렇다고 해서 그 아름다운 동양적인 모습이 아주 없어진 것은 아니었습니다. 그녀는 그때 이미 허약한 체질에 병까지 들어 있었습니다. 그 당시 그녀는 음악에 온몸을 바치고 있었는데, 결국 마지막엔 그림만 그렸습니다.

나는 그녀의 아버지를 알고 있었습니다. 게르하르트 오크마 크누우프 씨로, 생애의 대부분을 모스크바에 있는 크누우프 가의 방직 공장 기술자로 보낸 분입니다. 심장병을 앓았는데, 그 병세가 너무나 이상해서 의사들에게도 수수께끼였습니다. 그는 병 때문에 결국 일에서 손을 떼고 부인과 두 딸을 데리고 독

일로 돌아오지 않을 수 없었습니다. 그의 막내딸이 바로 베라입니다. 그 후 그 사람은 시간을 내 책을 몇 권 만들었으나 알려지지는 않았습니다. 그 겸손한 남자의 독특한 경험은 아무리 설명해도 부족할 정도입니다. 심장병으로 인한 그의 죽음은, 말로 다할 수 없는 영혼의 깨끗함 속에서 이루어진 이 세상에서의 남김 없는 해결이었습니다. 그는 영원에 대해 깊이 바라볼 수 있었으며, 또 그것을 알면서 죽었습니다. 그의 마지막 숨결은 그가 불러온 천사들의 날개에 실려 하늘로 올라갔습니다. 나 역시 그 사람에 대해 아는 바가 별로 없습니다. 파리에 살 때 그가 단 한 번 나를 찾아왔었는데, 그 이후로는 서로 사귀어 볼 기회가 없었습니다. 그러나 우리 사이에는 처음부터 본능적인 믿음이 있었으며, 무엇으로도 증명할 수 없는 서로의 즐거움이 있었습니다. 그런 즐거움은 커다란 생각으로 같은 물줄기를 이루었습니다. 이제 그 생각이 나로 하여금 그 젊은 베라에게 묘비명을 세워 주도록 했습니다.

소네트 한 편 한 편에 대해 내가 해설을 한다면, 그것은 지나친 일이 될 겁니다. 다만 당신이 그 시들을 올바르게 읽도록 하기 위해 약간의 암시를 주고 싶었던 것입니다. 그 시를 읽으면 많은 것이 시 속에서 저절로 나와 당신과 함께할 것이며, 당신도 읽는 동안에 스스로 그것을 느끼게 될 것입니다.

부활절에 나는 음악을 들었습니다. 그 얘기도 해야겠습니다. 정말 훌륭한 음악이었습니다. 음악을 별로 좋아하지 않는 나에게는 하나의 사건이라고 해야 할 것입니다. 내 스위스 인 친구 하나가 아주 젊은 여류 바이올리니스트와 함께 왔습니다. 그녀는 이미 그 분야에서 가장 훌륭하고 특출한 여자라는 것을 알 수 있었습니다. 그녀는 3일 동안이나 바흐의 작품만을 연주했습니다. 바이올린이 가진 안정감은 뭐라 표현할 수 없습니다. 정말 훌륭한 음악이었습니다. 그 젊은 음악가는 알마 모디라는 여자였는데, 내가 듣기로는 다음번에 루마니아로 연주 여행을 한다고 합니다. 만일 그녀가 헝가리에 들러 페스트에서 연주하거든 꼭 들러보세요.

변함없는 당신의 릴케

1923년 9월 17일, 스위스 비어발트슈테터 호반의 요양소에서

친애하는 부인!

부인은 다시 고향으로 돌아가 풍요로운 초가을의 환영을 받으셨겠죠. 내가 부인을 얼마나 자주 생각했는지 모를 겁니다.

그리고 부인이 즐거운 여행을 하기를 기원했습니다. 부인은 다시 어린 시절의 집과 만나게 되었으니 나도 그 기분을 충분히 알 것 같습니다. 그리고 할 수 있다면 함께 축하라도 하고 싶습니다. 어떻습니까? 옛집과 만나서 많은 수확과 즐거움이 있었습니까? 그렇지 않으면 부인이 실제로 겪는 경험 속에는 생각과 달리 어떤 놀라움이 섞여 있는 것은 아닙니까? 부인이 맛보고 있는 그런 일을 나는 얼마나 부러워하고 있는지 모릅니다. 나는 과거와 현재가 연결될 때 어떤 결과가 나올지 모르기 때문입니다. 내 유년 시절은 육군 소년 학교에서 완전히 실패하지 않았더라도 세를 든 집에서 흘러가 버렸을 것입니다. 물론 옛날부터 전해 오는 유산 같은 것이 전혀 없지는 않지만, 내 어린 시절의 기억과 신기함을 가져다주는 그런 것들은 거의 남아 있지 않습니다. 있다면 지난 1880년대의 그 무미건조하고 실속 없는 물건들뿐입니다. 그런 사정이다 보니, 나는 마음속으로 부인의 귀향길에 함께 프라하까지 갈 수는 없을까 생각해 보기도 했습니다.

내 고향이기도 한 프라하는 내게는 괴로운 기억으로 남아 있는데, 어린 소년이었던 내게는 힘겹고 잘 알지도 못하는 짐이었습니다. 모든 것이 그 모양이었습니다. 가정이 그랬고, 피곤에 지쳐 거의 죽어 가는 식구들 모두 그랬습니다. 나는 젊은이로서 시원찮은 수단과 하찮은 힘으로 모든 것에 저항해야 했습니다. 모든 것에 대해서 말입니다. 내가 말할 수 없이 사랑하던 아버지까지도 내게는 낯설게만 느껴졌습니다.

나는 그런 시절을 지내 왔습니다. 그때 부모들은 아이들을 마음대로 부렸고, 부모들이 다 살아 본 뒤에 제일 좋겠다고 생각하는 그런 삶을 아이들에게 강요하던 시절이었습니다. 그래서 아이들에게는 선택의 여지가 없었습니다. 나의 프라하는 그런 형편이었습니다. 그러나 부인은 그런 프라하의 모습 가운데서 멋진 것만 볼 수 있기를 바랍니다. 훌륭한 것, 즐거운 인상, 아름다운 만남만이 부인에게 주어졌으면 합니다.

부인은 이제 자신의 것들 속으로 돌아가 있을 것입니다. 부인의 꽃과 나무와 책들 곁으로. 그리고 아마도 지금은 벽난로 옆에서 몸을 녹이고 있겠지요.

부인도 알겠지만, 나는 자유를 얻을 수 있는 휴가를 요양 때문에 모두 망치게 되었습니다. 내가 얼마나 오랜 시간을 망설이다 결정한 휴가였습니까……. 그러나 오늘은 이런 따분하고 재미없는 얘기는 그만두겠습니다. 이런 얘기를 한들 기분이 좋아질 리 없으며, 시원한 소리 역시 나올 리가 없습니다. 유감스럽게도 이곳에서 주말을 보낸 후 그라우뷘덴으로 가서 계속 요양할 예정입니다. 그러고는 말란에 있는 내 친구 살리스 남작을 찾아가서 내가 좋아하는 그의 옛 성을 다시 둘러볼 작정입니다. 그 성은 요술 같은 아름다운 성입니다.

  이제 부인이 내 계획을 모두 알게 되었으니, 나로서는 기분이 홀가분합니다. 이것이 이 시원찮은 편지의 가장 중요한 내용이니 잘 살펴보도록 하십시오. 부인의 변함없는 우정과 친절에 감사드립니다.

  당신의 릴케

작품에 대하여

젊은 시인에게 보내는 편지

작품 개요

◆ 작품 소개

위대한 시인 릴케의 영혼과 예술관이 담긴 서한집

《젊은 시인에게 보내는 편지》는 1929년에 출간된 독일의 시인이자 소설가인 라이너 마리아 릴케(1875~1926)의 서한집이다. 이 책은 제1장 '젊은 시인에게 보내는 편지'와 제2장 '아름다운 여인들에게 보내는 편지'로 구성되어 있다.

릴케는 20세기 가장 위대한 시인이자 가장 독특한 감성을 지닌 시인으로 평가받는다. 그는 통신 기술이 발달하여 빠른 의사소통이 가능해진 시대에도 편지를 써서 수많은 사람과 내밀한 교류를 가졌다. 그는 리자 하이제란 부인에게 보낸 편지에 "아직도 편지가 가장 아름다운 교제 수단 중 하나라고 생각합니다."라고 썼는데, 편지에 대한 릴케의 가치 부여를 가장 분명히 보여 주는 구절이라 하겠다.

제1장 '젊은 시인에게 보내는 편지'에는 프란츠 크사버 카프

스에게 쓴 열 통의 편지가 실려 있다. 편지의 수신인인 카프스는 채 스무 살도 되지 않은 시인 지망생으로 군대에 몸을 담고 있었다. 그는 대선배 릴케를 흠모하여 습작 시과 함께 자신의 속내를 털어놓은 편지를 보내왔다. 릴케는 군인이란 직업과 문학 사이에서 고민하는 청년에게 진솔한 마음을 담아 답장을 해 주었다. 존재의 근본 문제, 신과 사랑, 죽음과 예술, 구체적인 미적·시적 물음에 대한 릴케의 사상이 담긴 편지는 후배에게 들려주는 조언인 동시에 릴케의 자기 고백이자 다짐이라고 할 수 있다. 삶과 예술에 대해 진지하고 엄격한 자세를 요구하는 편지 내용은 오늘날의 젊은이들에게도 강한 호소력을 지니고 있다.

제2장 '아름다운 여인들에게 보내는 편지'에는 릴케의 정신 세계에 영향을 주었던 여인들에게 보낸 편지가 실려 있다. 연인이자 정신적 후원자였던 루 안드레아스 살로메, 독자로 시작해서 동지적 관계로 발전한 리자 하이제, 그의 아내였던 클라라 베스트호프 등 여러 여인에게 보낸 편지이다. 그중 리자 하이제는 남편에게 버림받고 두 살짜리 아들과 함께 생활고를 헤쳐 나가는 여인이었다. 릴케는 곤경에 처해 있는 이 여인을 매우 안타까워하며, 그녀가 끝끝내 삶의 의욕을 잃지 않도록 아낌없는 위로와 격려를 보내고 있다.

릴케는 평생에 걸쳐 수천 통이 넘는 편지를 썼다고 한다. 릴케에게 있어 편지는 친교를 맺게 해 주는 사회적 기능을 가졌을 뿐만 아니라, 문학 수업 시절 습작으로서의 기능도 담당하고 있다. 《젊은 시인에게 보내는 편지》를 통해 우리는 릴케의 생각과 감정을 엿볼 수 있으며, 여기에 실린 편지는 릴케의 생애와 작품을 연구하는 데 중요한 자료가 되고 있다.

◆ 편지의 주요 수신인 소개

프란츠 크사버 카프스(1883~1966)_ 1902년에 처음으로 자신의 습작시와, 예술과 삶 사이에서 겪는 갈등을 적어 릴케에게 보냈다. 당시 그는 젊은 군인이었는데, 릴케는 순수한 의미에서의 시인의 길을 그에게 천명해 주었다. 두 사람의 편지 왕래는 1908년까지 계속되었으며, 릴케가 죽은 뒤 카프스는 그에게 받은 편지 가운데 열 통을 골라 책으로 펴냈다.

루 안드레아스 살로메(1861~1937)_ 철학자 니체의 연인이었으나 열네 살이나 어린 릴케를 만나 사랑하는 사이가 되었다. 살로메는 당시 모든 유럽 지성인의 관심을 한 몸에 받던 지적이고 아름다운 여인이었다. 본래 르네 마리아 릴케였던 그의 이름을 라이너 마리아 릴케로 바꾸라고 조언한 사람도 그녀였다. 살로메는 릴케의 연인이자 친구이며 정신적 후원자로 그의 인간적·시적 성숙에 크게 기여한 인물로 평가받는다.

리자 하이제(1893~1969)_ 1919년부터 1924년 사이에 릴케와 편지를 주고받은 여인이다. 그녀는 교양과 문학적 소양이 높았는데, 릴케의 시집을 우연히 읽고 거기에 감동하여 감사 편지를 릴케에게 보냈다. 릴케는 곧 길고 상세한 답장을 보냈으며, 그 뒤로 편지 교환이 이어졌다. 궁핍한 생활을 꿋꿋이 견뎌 가는 여인에 대한 위문편지라 할 수 있는 그 편지들은 릴케가 죽은 뒤 리자 하이제의 의해 출판되었다.

클라라 베스트호프(1878~1954)_ 한때 로댕의 비서로 일했던 여류 조각가로, 1901년 4월에 릴케와 결혼했고 그해 12월에 딸 루트를 낳았다. 그러나 릴케의 떠돌이 기질 탓에 이듬해부터 릴케와 처자식은 서로 만날 기회조차 드물게 되었다. 클라라는 릴케를 자기 스승인 로댕에게 소개해 주었는데, 릴케는 프랑스와 스웨덴, 이탈리아 등을 떠돌면서도 간간이 편지를 보내 클라라와 딸에게 안부를 전했다.

작품 해설

◆ **들어가기**

컴퓨터와 인터넷 또는 휴대전화 같은 통신 수단의 발달로 요즈음에는 좀처럼 종이에 펜으로 편지를 쓰지 않는다. 심지어는 컴퓨터를 켜고 이메일 우편함을 여는 것조차 귀찮아 트위터나 페이스북 같은 소셜네트워크서비스(SNS)에 의존하는 젊은이들이 많다. 그래서 요즈음 종이에 편지를 쓴다면 시대착오적이라는 낙인이 찍히기 십상이다. 그러나 불과 몇 십 년 전만 해도 의사소통 수단은 종이에 펜으로 적는 편지였다. 특히 연애편지처럼 글 쓰는 사람의 감정을 한껏 표현하기 위해서는 종이에 펜으로 적는 편지만큼 좋은 것이 없었다.

흔히 20세기가 낳은 가장 위대한 시인 중의 한 사람으로 평가받는 독일의 시인 라이너 마리아 릴케(1875~1926)는 남달리 편지를 많이 쓴 것으로 유명하다. 그는 수많은 사람과 편지로 교류하였다. 사망할 때까지 그가 쓴 편지는 수천 통에 이른다.

릴케에게 편지는 자신의 생각과 사상을 남에게 전달할 수 있는 가장 효과적인 수단일 뿐만 아니라 상대방과 정신적으로 교류하고 소통할 수 있는 가장 좋은 방법이었다.

릴케는 자신을 두고 "편지를 가장 멋있고 가장 효과적인 교제 수단으로 여기는 구시대적인 사람 중의 하나"라고 고백한다. 편지라는 표현 수단은 내성적인 그의 성격에 잘 들어맞았고, 남과 어울리기보다는 홀로 고독을 즐기는 그에게 더할 나위 없이 소통 수단이었던 것이다. 모르긴 몰라도 지금 같은 소셜네크워크 시대에 살았어도 릴케는 아마 여전히 펜에 잉크를 찍어 종이에 편지를 썼을 것이다.

더구나 릴케에게 편지는 예술적으로도 적잖이 도움이 되었다. 그가 파리에서 지내던 시절 편지는 예술가로서의 존재를 확인해 주는 수단이었다. 또한 1912년부터 1922년까지 십 년 동안 오랜 세월 침묵을 지킬 때도 편지는 그에게 마음의 벗으로 큰 위안이 되기도 하였다.

◆ **작품의 배경과 내용**

1902년 어느 날 라이너 마리아 릴케는 스무 살이 채 안 된 젊은 시인 지망생한테서 편지 한 통을 받는다. 이 편지에서 시인 지망생은 릴케에게 자신이 습작으로 쓴 작품을 보내면서 조언을 부탁하였다. 이 무렵 그 젊은이는 시인으로서의 길과 군인으로서의 길 사이에서 방황하고 있었다. 이 편지를 받자 릴케는 선배 시인으로서 진솔한 마음을 담아 답신을 보냈다. 릴케에게 편지를 보낸 사람은 릴케보다 여덟 살 어린 프란츠 크사버 카푸스라는 젊은이였다.

The letters were originally written to Franz Kappus, a 19-year-old officer cadet at the Vienna Military Academy, of which Rilke was an alumnus. Discouraged by the prospect of life in the Austro-Hungarian Army, Kappus began to send his poetry to the 27-year-old Rilke, seeking both literary criticism and career advice. Their correspondence lasted from 1902 to 1908. In 1929, three years after Rilke's death, Kappus assembled and published the ten letters.

그렇게 시작된 두 사람 사이의 편지는 1908년까지 5년 동안 계속되었다. 이 책에 수록된 일련의 편지에서 릴케는 선배 시인으로서 젊은 시인에게 조언과 충고를 주고 있지만 그것을 뛰어넘어 자신의 문학관, 인생관, 시에 대한 생각 등을 진솔하게 고백한다. 릴케는 젊음, 사랑, 성, 고독, 죽음, 예술, 나아가 인간의 실존에 대한 여러 문제에 대하여 말하고 있다.

그 뒤 이 두 사람은 서로 만나기도 했지만 주로 편지로 서로의 생각을 나누었다. 릴케와 카푸스가 주고받은 내용은 비단 시나 문학에 국한되지 않는다. 삶과 예술, 고독, 사랑 등 두 사람이 허심탄회하게 서로 의견을 나누지 않은 화제가 거의 없다시피 하다.

또 릴케는 1919년에서 1924년 사이 리자 하이제라는 여성에게 편지를 썼다. 그는 루드레아스 살로메라는 여성에게도, 사랑하는 아내 클라라에게도 많은 편지를 썼다. 뒷날 릴케는 젊은 문학청년 카푸스에게 보낸 편지 열 편과 함께 하이제와 살로메 그리고 클라라에게 보낸 편지를 한데 묶어 릴케가 사망한 뒤인 1929년《젊은 시인에게 보내는 편지》라는 제목으로 출간하였다. 이 책은 출간되자마자 이 책은 독일은 말할 것도 없고 미국을 비롯한 여러 나라에서도 많은 독자한테서 사랑을 받았다.

릴케는 2천 편이 넘는 시를 쓰고 수 천 통이 넘는 편지를 썼지만, 젊은 시인 프란츠 카푸스에게 보내는 편지에서만큼 그의 내면 풍경을 들여다볼 수 있는 작품도 없다. 창작 과정에서 느끼는 고독, 삶의 지혜, 사랑, 우정, 자연 등 온갖 주제에 대하여 그는 시인의 뛰어난 감성으로 말한다. 이 서간집에서 독특한 감수성을 지녔던 릴케의 생각과 감정을 조금이나마 엿볼 수 있다.

◆ **예술과 고독과 젊음**

《젊은 시인에게 보내는 편지》에서 라이너 마리아 릴케가 젊은 시인에게 말하는 것이 한두 가지가 아니지만 그중에서도 예술과 고독과 젊음에 관한 고백은 관심을 끌기에 충분하다. 그는 예술이란 고독 속에서 잉태되어 태어나는 자식이라고 말한다. "시선을 내면으로 돌리십시오. 사물의 깊이를 추구하십시오. 예술 작품은 무한한 고독 가운데에서 나옵니다. 고독을 사랑하고 고통을 견뎌내십시오. 적막함을 즐기십시오. 당신은 정말 신을 잃었나요? 사랑하는 법을 배우십시오. 슬플 때 정신을 집중하십시오. 삶은 늘 옳습니다. 예술 역시 삶의 한 방식에 지나지 않습니다."

또한 릴케는 "당신의 고독은 당신에게 아주 낯선 상황 속에서도 당신을 위한 휴식처요 고향이 될 것입니다. 그리고 당신은 바로 고독을 출발점으로 삼아 당신의 모든 길을 발견하게 될 것입니다"라고 말한다. 그러고 보니 왜 릴케를 '고독의 시인'으로 일컫는지 알 만하다.

《젊은 시인에게 보내는 편지》에서 릴케가 말하는 고독은 《젊은 여성에게 보내는 편지》에서 좀 더 뚜렷이 드러난다. "예술은 극한적인 고통과 기쁨에서 나옵니다. '참을 수 없는 감정의 나락'에서 벗어나는 길은 창작밖에 없습니다. '의문'이 들 때 중요한 것은 언제나 '전체'입니다. 고독을 통해 행복은 안전해집니다. 아무리 평범한 것일지라도 결국 무한한 빛을 향한 갈망이 됩니다."

또한 릴케는 젊음이 얼마나 소중한 재산인지 우리에게 새삼 일깨워 준다. 젊음은 땅 속의 씨앗처럼 무한한 잠재력과 가능성을 간직하고 있기 때문이라는 것이다. "당신은 참으로 젊습니다. 당신은 모든 시작을 앞에 두고 있는 사람입니다. 그러기에 나는 내가 할 수 있는 한 당신에게 이런 부탁을 드리고 싶습니다. 그것은 다름 아니라 당신의 가슴 속에 풀리지 않은 채로 있는 문제들에 대해서 인내심을 갖고 맞서라는 것과, 그 문제 자체를 굳게 닫힌 방이나 지극히 낯선 말로 적힌 책처럼 사랑하려고 노력하라는 것입니다."

더구나 릴케는 동료 인간, 그중에서도 특히 사회적 약자에 대한 따뜻한 배려와 관심을 잊지 않는다. "누구도 함께할 수 없는 당신의 성장을 기뻐하십시오. 그리고 당신의 성장의 뒤쪽에 처져 있는 사람들에게 친절하십시오. 그리고 그들 앞에서 확실하고 태연하게 행동하도록 하고, 당신의 의심으로 그들에게 고통을 주지 말 것이며, 그들이 이해하지 못할 확신이나 기쁨으로 그들을 놀라게 하지도 마십시오"라고 충고한다.

나와 다른 방식으로 살아간다고 하여 사람들을 무시하지 말라고 말하기도 한다. "당신과 다른 모습으로 살아가는 그들의 삶을 사랑하고, 당신에게는 친근하지만 고독을 두려워하는 나이든 분들에게는 관대하게 대하십시오."

◆ **작가 소개**

라이너 마리아 릴케는 1875년 당시 오스트리아 제국의 지배 아래 있던 체코의 프라하에서 태어났다. 본명은 르네 카를 빌헬름 요한 요세프 마리아 릴케였다. 연인이었던 루 살로메의 조언에 따라 지금의 이름으로 바꾸었다. 하사관에서 장교로 입신하는 것이 꿈이었던 아버지와 유복한 집안 출신으로 소녀 취향을 가진 어머니 사이에서 일곱 살 때까지 여자아이로 길러졌다. 1886년부터 1891년까지 육군 유년 학교에서 군인 교육을 받았지만 적성에 맞지 않아 중퇴하였다. 그 뒤 프라하, 뮌헨, 베를린 등의 대학에서 공부하였다. 일찍부터 꿈과 동경이 넘치는 섬세한 서정시를 썼지만 1896년에 뮌헨에서 루 살로메를 만나면서 시의 경향이 크게 달라졌다. 또한 두 번에 걸친 러시아 여행과 스위스를 비롯한 이탈리아 각지를 여행하면서 얻은 깊은 예술적 영감을 바탕으로 초기 시의 대표작 《기도시집》을 완성하였다.

그밖에도 릴케는 브룹스베데의 화가촌에서 하인리히 포겔러를 만나고 1902년에는 파리를 방문하여 오귀스트 로댕을 만나 그의 비서가 되었다. 특히 로댕의 비서로 일하면서 릴케는 사물을 깊이 관찰하는 습관을 길렀다. 이때 쓴 작품이 《형상 시집》과 《말테의 수기》이다.

릴케는 스위스에서 체류하고 제1차 세계대전을 경험하고 아프리카와 에스파냐 등지를 여행하면서 말년의 역작인 《두이노의 비가》와 《오르페우스에게 바치는 소네트》를 집필하는 데 영감을 얻었다. 릴케는 1926년에 스위스 몽트뢰에서 백혈병으로 사망하였다.